中华魂

ZHONGHUA HUN

百部爱国故事丛书

文学大师　激流勇进

——著名作家巴金

冯　吉　李凤村　编著

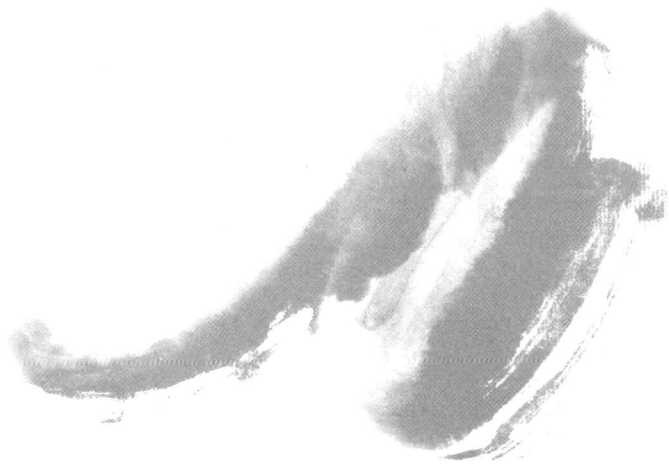

吉林人民出版社

图书在版编目（CIP）数据

文学大师 激流勇进：著名作家巴金 / 冯吉，李凤村编著 . -- 长春：吉林人民出版社，2011.3（2021.8 重印）
（中华魂·百部爱国故事丛书）
ISBN 978-7-206-07566-7

Ⅰ.①文… Ⅱ.①冯… ②李… Ⅲ.①故事－中国－当代 Ⅳ.①I247.8

中国版本图书馆 CIP 数据核字 (2011) 第 032638 号

文学大师 激流勇进
——著名作家巴金

WENXUE DASHI JILIUYONGJIN
——ZHUMING ZUOJIA BAJIN

编 著:冯 吉 李凤村
责任编辑:张 娜 封面设计:孙浩瀚
制 作:吉林人民出版社图文设计印务中心
吉林人民出版社出版 发行(长春市人民大街7548号 邮政编码:130022)
印 刷:北京一鑫印务有限责任公司
开 本:787mm×1092mm 1/16
印 张:8 字 数:64千字
标准书号:ISBN 978-7-206-07566-7
版 次:2011年3月第1版 印 次:2021年8月第2次印刷
定 价:35.00 元

总　序

《中华魂》是一套故事丛书。它汇集了我国自鸦片战争以来一百八十余年间的近百位民族英雄、仁人志士、革命领袖、先进模范人物的生动感人事迹，表现了他们作为中华儿女的伟大的爱国主义精神。

爱国主义是人们对于“生于斯、长于斯、衣食于斯”的祖国的一种神圣感情，是人们对于自己民族的一种强烈的责任感和使命感，是感召和激励整个中华民族的一面永不褪色的旗帜。在一百多年的中国近现代史上，爱国主义一直激励着中华儿女为祖国的独立、统一、进步和繁荣而英勇奋斗。从“苟利国家生死以，岂因祸福避趋之”的林则徐，到“我自横刀向天笑，去留肝胆两昆仑”的谭嗣同;从“铁肩担道义,妙手著文章”的李大钊,到“青春换得江山壮,碧血染将天地红”的赵一曼;从“县委书记的好榜样”的焦裕禄,到“问鼎长天,扬我国威”的邓稼先……都表现出了强烈的爱国主义精神。正是由于热爱祖国的人们前仆后继地奋斗,国家和民族才得以生存,才能够在一次次历史危急关头转危为安,走向兴盛和富强,从而屹立于世界民族之林。爱国主义是鼓舞中华儿女历经忧患、跨越沧桑、百折不挠、自强不息的伟大力量,它贯穿于中华民族的整个历史,并有力地凝聚着五洲四海的中国人。

爱国主义是一个历史的范畴,在社会发展的不同阶段、不同时期有不同的具体内容。革命时期,需要我们为祖国的独立自主出生入死;建设时期,需要我们为祖国的繁荣富强增砖添瓦。在全国各族人民团结一心,开启全面建设社会主义现代化国家新征程的今天，我们要争做一名新时期的爱国者。新时期的爱国者要有强烈的民族自尊心、自豪感。民族自尊心、自豪感是任何时期、任何爱国者都必须具备的情感。民族自尊心能增强我们自立向上的恒心，民族自豪感能树立我们建设祖国的信心。要树立“祖国高于一切”的崇高信念，为了祖国和人民的利益不惜抛却个人的利益，甚至不惜牺牲个人的生命。我们要树立终身学习的理念，拓宽自己的知识面，广泛吸收新知识、新技术，完善自身的知识结构，更新学习知识的方法与理念，从思想上、知识上充分武装自己，为祖国的繁荣昌盛贡献力量。

爱国主义思想的继承和发扬，是关系到民族盛衰、国家兴亡的根本问题。爱国主义思想情操的形成，需要不断地培养。培养爱国主义精神的一个重要途径是向英雄人物和典范事迹学习和致敬。这套丛书的出版，对于青少年向英雄和先进人物学习，特别是对于在中小学生中进行爱国主义教育是不可多得的生动的教材。祝愿此书出版发行成功，为培养时代新人做出贡献。

胡维革

中华魂
百部爱国故事丛书

编委会

是作家，就该用作品同读者见面，离开这个世界之前我总得留下一点东西。我不需要悼词，我都不愿意听别人对着我的骨灰盒讲好话。

——巴　金

目　录

中华魂 百部爱国故事丛书
ZHONGHUA HUN

童　年

书香门第

巴金1904年11月25日生于四川成都北门正通顺街一个封建官僚地主家庭。本名李尧棠、字芾甘，取自《诗经》中《召南·甘棠》首句“蔽芾甘棠”。从1928年写完《灭亡》时起，开始使用笔名“巴金”，沿用至今。

父亲李道河，母亲陈淑芬。

巴金原籍浙江嘉兴。高祖李介庵作为“幕友”从浙江到四川定居。曾祖李王番，著有《醉墨山房仅存稿》。祖父李镛（号皖云），也做过官，后闲居在家，为大家庭的家长，有五子一女（子：李道河、李道溥、李道洋、李道沛、李道鸿；女：李道沆）。巴金印过一册《秋棠山馆诗钞》送人。父亲李道河，曾任四川广元县（今广元市）知县；母亲陈淑芬。

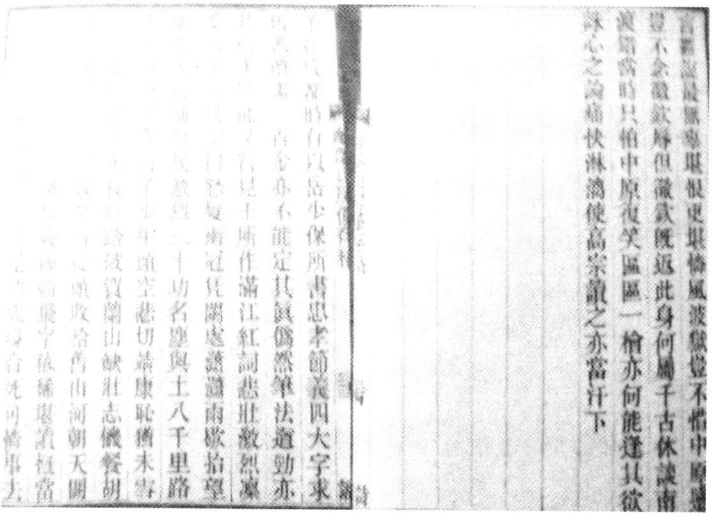
言難贖最無辜堪恨更堪憐風波獄豈不惜中原蹙
豈不念徽欽辱但徽欽既返此身何屬千古休誇南
渡錯當時自怕中原復笑區區一檜亦何能逢其欲
誅心之論痛快淋漓使高宗讀之亦當汗下

巴金曾祖父李王番《醉墨山房仅存稿》诗话部分曾谈到文征明词，此则诗话巴金后来曾在《随想录》中引用。

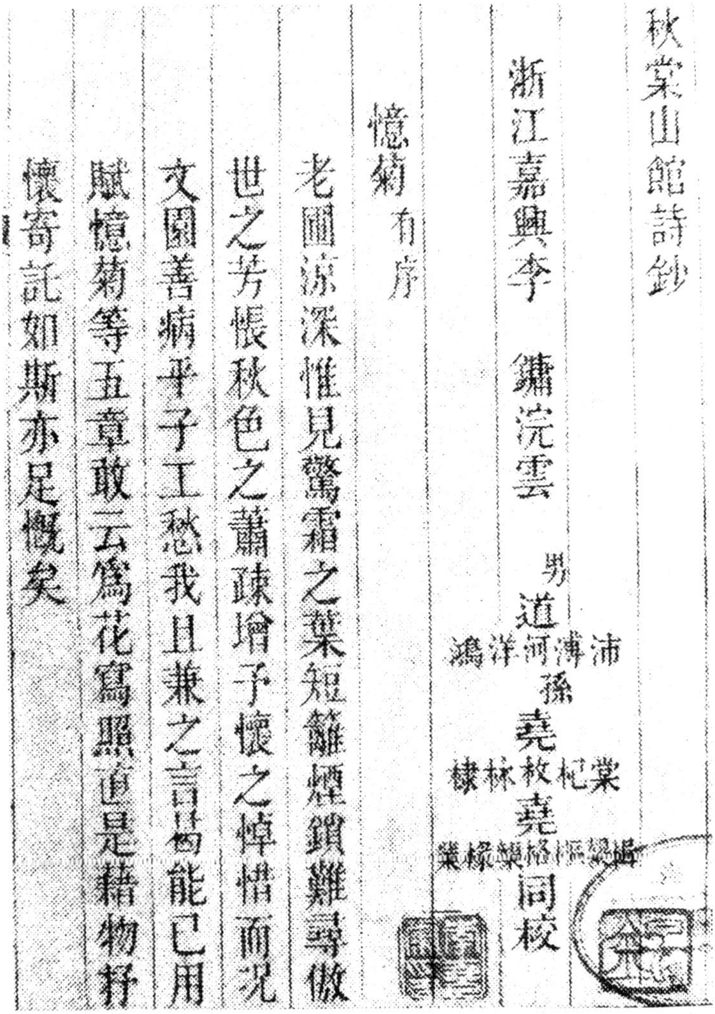

秋棠山館詩鈔

浙江嘉興李　鏞浣雲

男　道沛溥河洋鴻　孫　堯棠杞枚林棣　堯　同校

憶菊　有序

老圃凉深惟見驚霜之葉短籬煙鎖難尋傲世之芳悵秋色之蕭疏增予懷之悼惜而況文園善病平子工愁我且兼之言曷能已用賦憶菊等五章敢云寫花寫照直是藉物抒懷寄託如斯亦足慨矣

巴金藏《李氏诗词四种》，校对者中有“尧棠”（巴金）的名字，书上钤有他本名和笔名印。

和谐大家庭

巴金有同胞两兄、两姊、两弟、三妹：大哥李尧枚，三哥李尧林；二姐李尧桢，三姐李尧彩；十四弟李尧椽，十七弟李尧集（继母生）；九妹李琼如，十二妹李瑞珏（继母生）。（以上兄弟姊妹均按大小排行）。整个大家庭有长辈近二十人，兄弟姐妹三十余人，男女仆人四五十人。

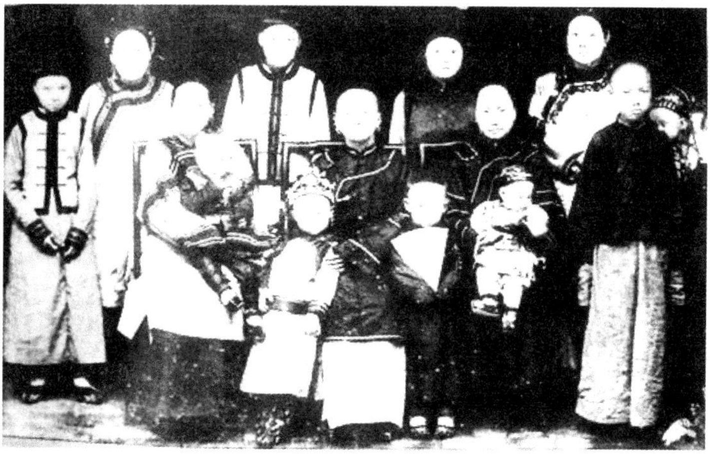

1907年全家合影，右三是巴金的母亲，左三外婆怀里抱着的是巴金。

初步接受中国传统文化教育

1909年，巴金5岁时，父亲出任四川北部广元县知县，其随父母前往。在广元县衙门内和两个哥哥、两个姐姐一起在家塾就读，先生姓刘。读《三字经》《百家姓》《千字文》等，背诵《古文观止》，并在晚间从母亲学读《白香词谱》中的词。7岁时，父亲辞官，随父母回成都，继续在家塾就读。

油画《巴金故居》（作者：贺德华），巴金本人看过这幅画，但不记得有这样的银杏树，认为此处可能是李家旧日的马房。

巴金记忆中的李家公馆，正如小说《家》中所写，门口有对石狮子、石缸，门墙上挂着木对联，上书“国恩家庆，人寿年丰”，这是他离家后改为“怡庐”的门面（1926年3月8日巴金的大哥寄给他的）。

少年痛失父母

巴金10岁时，母亲病故，安葬于成都市郊磨盘山。此后，他深深感到没有母亲的孩子的悲哀。母亲“爱一切人”的教诲，对巴金有很大影响，后来称母亲为自己的“第一个先生”。在母亲的允许下，巴金回到成都后，常与“下人”在一起，同他们的友谊一直持续到离开成都。在这些人中，他得到了近于原始的正义的信仰和直爽的性格。轿夫老周教他真诚地做人，

后排左起：李瑞珏（十二妹）、张和卿（大嫂）、李琼如（九妹）、李采臣、李济生：前排中坐者为继母邓景蓬，其余的为巴金大哥的4个孩子。此照片约拍于20世纪20年代。

给他留下的印象最深，后来称他为自己的“第二个先生”。

13岁时，父亲李道河病逝。父亲死后，他悲痛之余，向书本寻找慰藉，读了《说岳全传》《施公案》《彭公案》《水浒》等许多古典小说。同时，他利用晚间跟在成都专门学校读书的香表哥学习英文。

新文化运动时期的巴金

开始接触新思想

五四运动爆发后，新思潮涌入四川。巴金的大哥从成都市内唯一的一家代售新书报的书铺——“华阳书报流通处”买来《新青年》《每周评论》等，后来在该处存放100元专购新书报。巴金得以读到《新青年》《每周评论》《星期评论》《少年中国》《少年世界》《北京大学学生周刊》等北京、上海出版的许多新刊物，以及成都出版的刊物《星期日》《学生潮》《威克烈》等，他如饥似渴地接受各种新的思想，并常和兄弟姐们聚在一起讨论其中论及的各种问题。

1920年，巴金读了克鲁泡特金《告少年》中译本、廖抗夫的剧本《夜未央》中译本等。其中，北京大学

《青年杂志》，即《新青年》的前身，给巴金带来了一个崭新的世界。新文化运动为20世纪早期中国文化界中，由一群受过西方教育的人发起的一次革新运动。1919年5月4日前夕，陈独秀在其主编的《新青年》刊载文章，提倡民主与科学（德先生与赛先生），批判传统纯正的中国文化，并传播马克思主义思想；以胡适为代表的温和派，则反对马克思主义，支持白话文运动，主张以实用主义代替儒家学说，即为新文化运动滥觞。在这一时期，陈独秀、胡适、鲁迅等人成为新文化运动的核心人物，这一运动并成为五四运动的先导。

实社出版的《实社自由录》第一集中刊登的流亡美国的俄国无政府主义者爱玛·高德曼富于煽动性的文章，使他第一次了解到无政府主义的要义，开始有了献身社会革命的明确信仰；后来，称高德曼为“精神上的

俄国革命家克鲁泡特金（1842~1921），巴金服膺他的理论，认为他是“一个纯洁、伟大的人”。克鲁泡特金是俄国革命家和地理学家，无政府主义的重要代表人物之一，“无政府共产主义”的创始人。因为他父亲是俄国世袭亲王，他被人称为是“无政府王子”，但他抛弃了贵族继承权。他有许多著作，比较著名的有：《田野、工厂和工场》《互助论：进化的一种因素》《夺取面包》。他也曾为1911年版的《不列颠百科全书》撰写过条目。

廖抗夫 著

巴金 譯

夜未央

文化生活叢刊

XX

在《夜未央》中，巴金找到了梦境中的英雄，巴金说该书“保留着我的一段美妙的梦境”。

母亲”。这年冬天，成都学界为反对军阀刘存厚开展请愿活动和集体罢课，巴金亦参与，这是他第一次参与社会斗争。

走上文学创作之路

1921年2月，成都《半月》刊第14号出版，巴金在读到该刊登载的《适社的旨趣和大纲》后，很感兴趣，写信给《半月》编辑部要求加入。3天后，编辑来访，说明适社在重庆。此后，他便参与《半月》刊的工作。编辑部的青年朋友吴先忧以实行“自食其力”的行动，教给巴金“自我牺牲”精神，后来巴金称他为自己的“第三个先生”。当年4月1日出版的《半月》刊第17号刊载他撰写《怎样建设真正自由平等的社会》，这是目前所见公开发表的巴金的第一篇文章。《半月》刊17号《本社社员录》中列出他的名字：芾甘。

1922年，巴金参加创办成都无政府主义者联盟主办的《平民之声》周刊，主持编辑事务，第一期出版后即被警察厅禁止发售。7月21日，在上海《时事新报》副刊《文学旬刊》（郑振铎编）第44期上发表新诗《被虐〔待〕者底哭声》（共十二首），这是目前所见到的他最早发表的文学作品。本年及次年，先后在

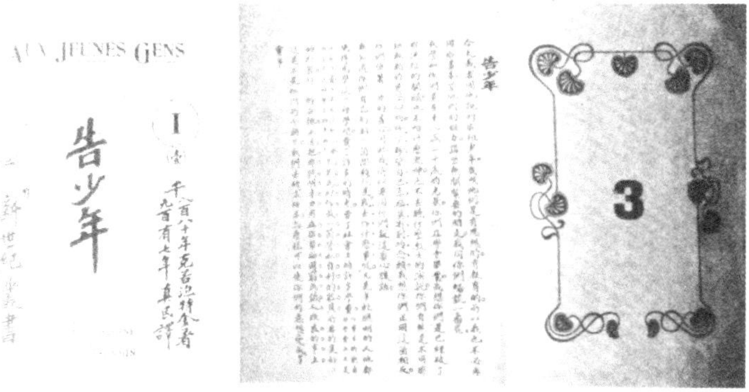

真民译《告少年》，对巴金的信仰选择起到关键性作用的读物之一。《告少年》是克鲁泡特金所写的一篇宣传文章，它充满反抗资本主义制度的战斗精神，曾被译成多种语言广为流传。克鲁泡特金在文中对即将走向社会、正在选择生活道路的少年们侃侃而谈，他提出和回答了这样几个问题：你希望怎样生活；你是否可能这样生活；你应该怎样生活。这些问题正是巴金竭力在思索着的。克鲁泡特金从大量生活现象的分析入手，说明少年们无论选择什么职业，无论怀着多么美好的理想，都将在现实中遇到矛盾和痛苦。这是因为不合理的社会制度造成了的。

《文学旬刊》《妇女杂志》发表新诗九题二十首、散文一篇，这是他最早创作的一批文学作品。从此开始了辉煌的文学创作生涯。

1922年冬，巴金于成都外国语专门学校预科和本科班（英文）肄业。1923年到上海求学，1924年考入南京东南大学附中，1925年高中毕业后在上海从事社会活动和编译工作。

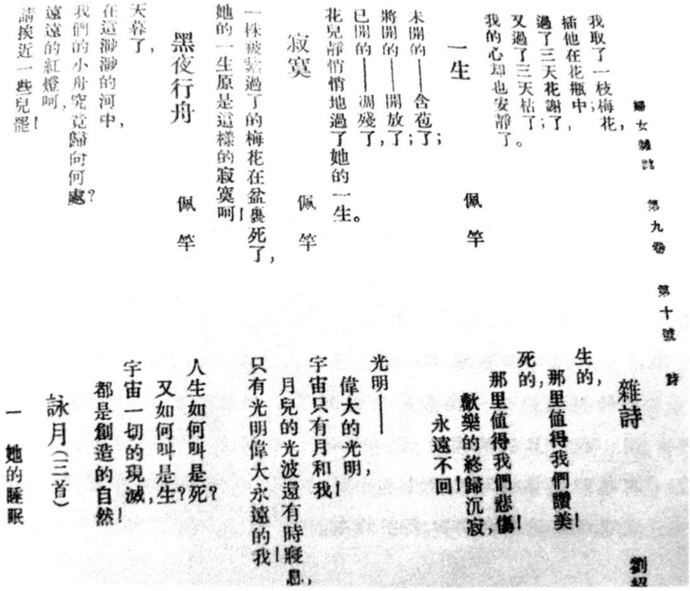

婦女雜誌 第九卷 第十號 詩

我取了一枝梅花，
插他在花瓶中；
過了三天花謝了，
又過了三天枯了，
我的心却也安靜了。

一生 佩竿

未開的——含苞了；
將開的——開放了；
已開的——凋殘了，
花兒靜悄悄地過了她的一生。

寂寞 佩竿

一株被紮過了的梅花在盆裏死了，
她的一生原是這樣的寂寞呵！

黑夜行舟 佩竿

天暮了，
在這渺渺的河中，
我們的小舟究竟歸向何處？
遠遠的紅燈呵，
請挨近一些兒罷！

雜詩 劉

生的，
那里值得我們讚美！
死的，
那里值得我們悲傷！
歡樂的終歸沉寂，
永遠不回！

光明——
偉大的光明，
宇宙只有月和我！
月兒的光波還有時寢息，
只有光明偉大永遠的我！

人生如何叫是死？
又如何叫是生？
宇宙一切的現滅，
都是創造的自然！

詠月（三首）

一 她的睡眠

巴金发表在《妇女杂志》上的小诗，巴金用它来诉说内心的苦闷和寂寞。

巴金曾经就读过的成都外国语专门学校

巴金1925年摄于南京。此时巴金就读于中南大学附中，这一时期巴金广泛地与各地无政府主义者联系。无政府主义（或安那其）是一系列政治哲学思想，无政府主义包含了众多哲学体系和社会运动实践。它的基本立场是反对包括政府在内的一切统治和权威，提倡个体之间的自助关系，关注个体的自由和平等；它的政治诉求是消除政府以及社会上或经济上的任何独裁统治关系。对大多数无政府主义者而言，“无政府”一词并不代表混乱、虚无、或道德沦丧的状态，而是一种由自由的个体们自愿结合，互助、自治、反独裁主义的和谐社会。

赴法留学

1927年1月，巴金赴法国巴黎求学。在法期间，一方面大量阅读西方哲学和文学作品；另一方面，时时关心着祖国的命运，思念着苦难中的国家和人民。1927年，1—3月在《时事新报·学灯》《洪水》等报刊上撰文，就“国家消亡”等问题发表自己的意见。4月《五一运动史》出版，这本小册子是目前所见巴金的第一本单行出版的书。

1927年1月15日，他乘法国邮船“昂热号”离沪赴法，赴巴黎沿途写《海行杂记》三十八则。

这是1926年底，巴金赴法护照上的照片。

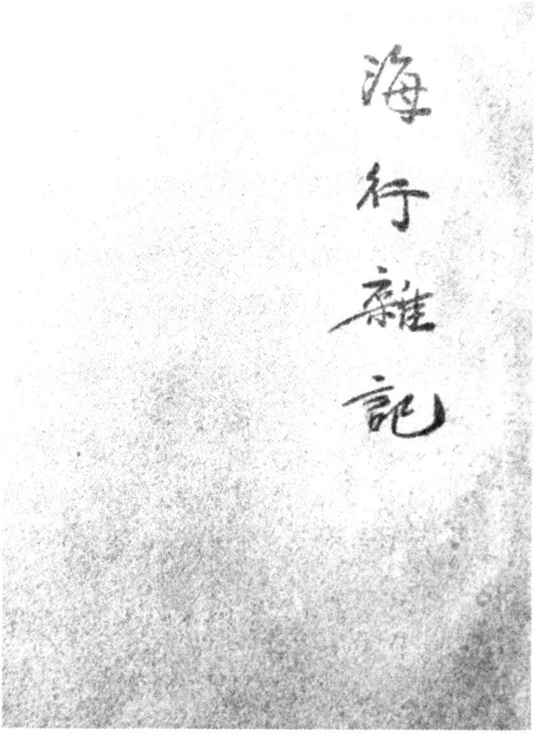

巴金将赴法途中的见闻记录下来寄给两个哥哥，后来以《海行》的名义刊行，此图为1935年11月开明书店重排本，改名为《海行杂记》。《海行杂记》中的《海上的日出》是人们公认的写景美文中的名篇。在这篇文中，巴金不仅逼真如画地层层再现了海上日出的壮丽景观，而且融进了他热烈深沉的情思，这真是“景语皆情语也”。在《海行杂记》集里的《海上生明月》和《乡心》里，巴金如印象派画师绘出海上月夜的光和色之美，美丽的月色也撩起了作者那游子思乡的诗心：“‘海上生明月，天涯共此 时’，‘共看明月应垂泪，一夜乡心五处同’——锋镝余生的我，对此情景，能不与古诗人同声一哭！”

1927年3月，为排遣寂寞心情，他写下《灭亡》第一至第四章。1929年第一次以“巴金”的笔名在《小说月报》发表，引起文坛内外的普遍关注。4月，与君毅、惠林合写的《无政府主义与实际问题》一书，由上海民钟社出版。该书在法国写成寄回上海印行，主要讨论中国第一次国内革命战争与无政府主义的关系。1930年2月，被国民党政府以“煽惑军队”的罪名查禁。

巴金在法国参与了当时西方营救萨珂、樊塞蒂2人的运动，并为他们的事迹深深打动，这种情绪也促使了《灭亡》的产生。

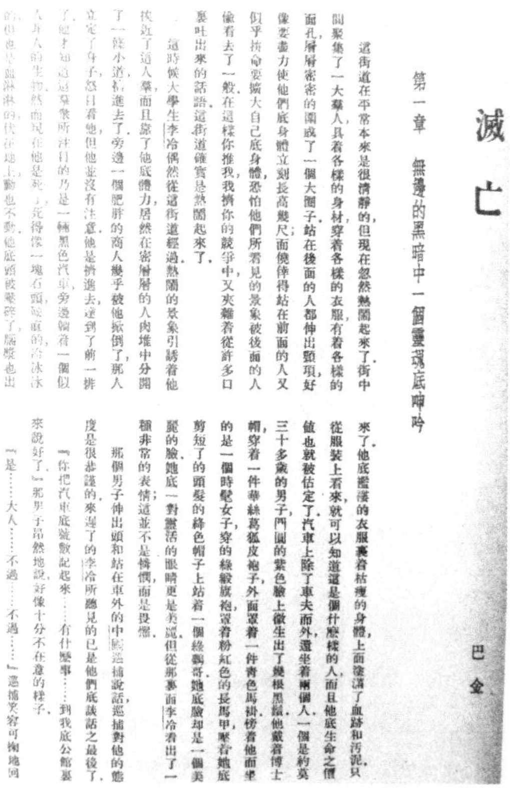

滅亡

巴金

第一章 無邊的黑暗中一個靈魂底呻吟

這街道在平常本來是很清靜的，但現在忽然熱鬧起來了。街中間聚集了一大羣人，具着各樣的身材，穿着各樣的衣服，有着各樣的面孔，層層密密的圍成了一個大圈子。站在後面的人都伸出頸項，好像要盡力使他們底身體立刻長高幾尺；而僥倖得站在前面的人又似乎拚命要擴大自己底身體，恐怕他們所看見的景象被後面的人偷看去了一般。在這樣你推我，我擠你的競爭中，又夾雜着從許多口裏吐出來的話語。這街道確實是熱鬧起來了。

這時候大學生李冷偶然從這街道經過，熱鬧的景象引誘着他挨近了這人羣，而且靠了他底體力，居然在密層層的人肉堆中分開了一條小道，擠進去了。旁邊一個肥胖的商人幾乎被他擠倒了，那人立定了身子，怒目看他，但他並沒有注意。他是擠進去，達到了前一排了。他才知道這羣衆所注目的乃是一輛黑色汽車，旁邊躺着一個似人非人的生物。然而現在他是死了，兌得像一塊石頭，硬直的，冷冰冰的，但也是血淋淋的，伏在地上，動也不動。他底頭被輾碎了，腦漿也出來了。他底襤褸的衣服裏着枯瘦的身體，上面塗滿了血跡和污泥。只從服裝上看來，就可以知道這是個什麼樣的人，而且他底生命之價値也就被估定了。汽車上除了車夫而外，還坐着兩個人。一個是約莫三十多歲的男子，円圓的紫色臉上微生出了幾根黑鬚，他戴着博士帽，穿着一件華絲葛狐皮袍子，外面罩着一件青色馬褂，傍着他而坐的是一個時髦女子，穿的綠緞旗袍，罩着粉紅色的長馬甲，壓着她底剪短了的頭髮的綠色帽子上站着一個綠鸚哥。她底臉却是一個美麗的臉，她底一對靈活的眼睛更是美麗。但從那裏面李冷看出了一種非常的表情，這並不是憐憫，而是[illegible]。

那個男子伸出頭和站在車外的中國巡捕說話，巡捕對他的態度是很恭謹的。來遲了的李冷所聽見的已是他們底談話之最後了。

「你把汽車底號數記起來……有什麼事……到我底公館裏來說好了。」那男子昂然地說，好像十分不在意的樣子。

「是……大人……不過……不過……」還帶笑容可掬地回

巴金原本打算自费出版的小说《灭亡》，被叶圣陶先生所赏识，1929年在当时最有影响力的文学杂志《小说月报》上连载，他由此进入文坛。小说《灭亡》以在北洋军阀统治下沾满了“猩红的血”的上海为背景，描写一些受到“五四”新思潮鼓舞，因而寻求社会解放道路的知识青年的苦闷和抗争。响彻全书的是这样的呼声：“凡是曾经把自己的幸福建筑在别人的痛苦上面的人都应该灭亡。”这也是小说的主题。主人公杜大心怀有“为了我至爱的被压迫的同胞，我甘愿灭亡”的决心，最后，他为“信仰”而英勇献身。

1928年7月31日，巴金在拉封丹中学读书。那段平静的读书写作生活令巴金终生难忘。

夏初，巴金因身体不好迁至巴黎以东约1000千米马伦河畔的小城沙多吉里（又译作蒂埃里堡）休养，住在拉封丹中学，并学法文，同时根据英文本（参照内山贤次的日译本）翻译克鲁泡特金的《伦理学的起源和发展》。在翻译过程中，阅读了亚里士多德、柏拉图、斯宾诺莎、叔本华等人的著作和《圣经》等。这时，他还系统地研究法国大革命，阅读了大量史料和著作，如《吉隆特的党史》（拉马丁著）、《法国革命》

巴黎圣母院前的卢梭像（原像毁于二战，此为战后重建的）。1927年刚到法国的巴金，常常在细雨中走到塑像下，向这位“日内瓦公民”倾诉一个异国青年内心的孤独。让-雅克·卢梭（1712—1778），法国伟大的启蒙思想家、哲学家、教育家、文学家，是18世纪法国大革命的思想先驱，启蒙运动最卓越的代表人物之一。在哲学上，卢梭主张感觉是认识的来源，坚持“自然神论”的观点；强调人性本善，信仰高于理性。在社会观上，卢梭坚持社会契约论，主张建立资产阶级的“理性王国”；主张自由平等，反对大私有制及其压迫；提出“天赋人权说”，反对专制、暴政。在教育上，他主张教育目的在培养自然人；反对封建教育戕害、轻视儿童，要求提高儿童在教育中的地位；主张改革教育内容和方法，顺应儿童的本性，让他们的身心自由发展，反映了资产阶级和广大劳动人民从封建专制主义下解放出来的要求。主要著作有《论人类不平等的起源和基础》《社会契约论》《爱弥儿》《忏悔录》等。

（路易·马德楞著）、《四个法国妇人》（道布生著）、《大革命史》（J.米席勒著）、《1789—1804年的法国革命》（W.布洛斯著）等。对民众在法国大革命中的作用十分重视，对马拉等资产阶级革命家亦极推崇。

在巴黎期间，巴金上午常到卢森堡公园散步，晚上去法国文化协会附设的夜校学习法文，不久，家里破产的消息传来，便停止了正式学习。在法期间，他一方面大量阅读西方哲学和文学作品；另一方面，时时关心着祖国的命运，思念着苦难中的国家和人民。

返回祖国

1928年12月，他从法国回到上海。在这期间，翻译了克鲁泡特金的《伦理学》、托尔斯泰的《丹东之死》、高尔基的《草原的故事》等大量外国文学、思想文化作品。1929年10月，巴金第一部中篇小说《灭亡》单行本由微明学社编辑、开明书店出版。此书1934年被国民党当局禁止发售。

《家》的诞生

随后，巴金以极大的热情投身于文学创作之中，1931年1月，他的中篇小说《死去的太阳》出版，此书1935年3月被国民党当局以“鼓吹革命”的罪名查

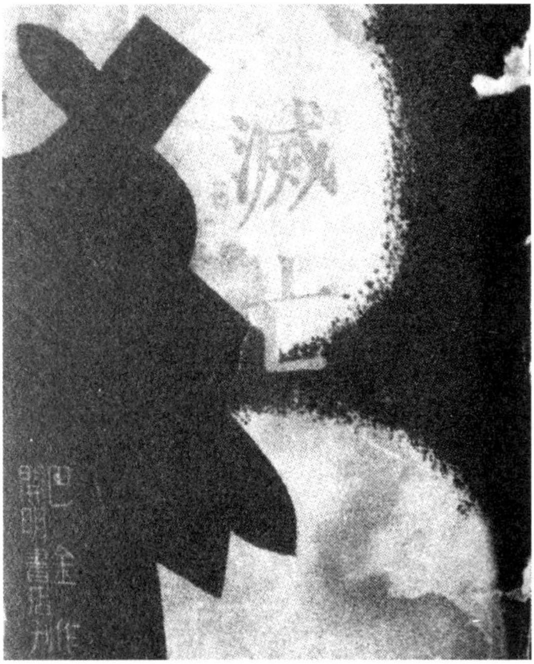

《灭亡》1929年10月初版的封面

禁。同时，开始为《时报》写连载小说。初拟名《春梦》，写好“小引”（即“总序”）后决定改名为《激流》（后易名为《家》），写三四章送报馆一次。8月，他的第一个短篇小说集《复仇》由上海新中国书局出版。10月，他的中篇小说《雾》开始在《东方杂志》上发表，12月登完。年底，《激流》结稿。译完世界语的中篇小说《秋天里的春天》（匈牙利巴基著）。开始创作中篇小说《雨》，至1932年5月完成。同年5月出版了他的第二个短篇小说集《光明》。1933年5月，《家》由开明书店出版。

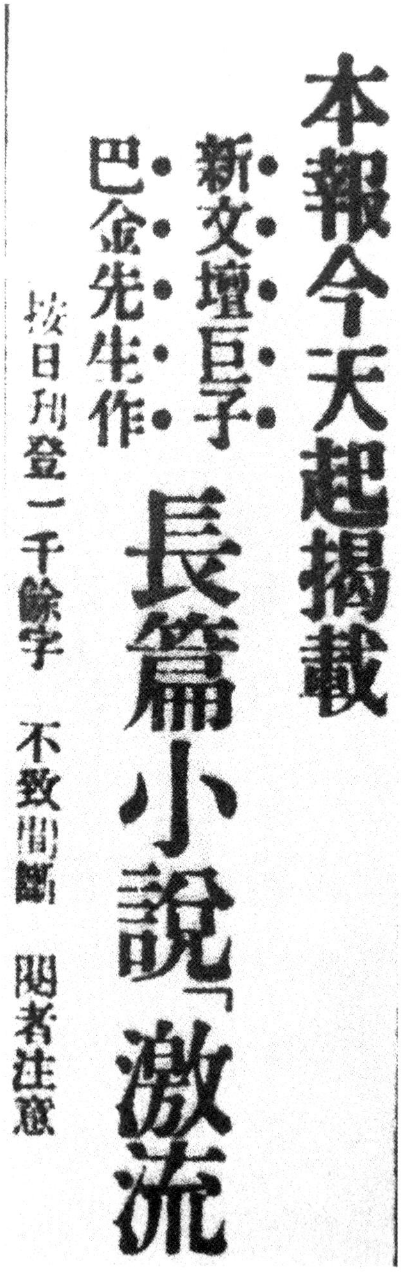

1931年4月《时报》开始连载小说《激流》（后改名为《家》）时的广告。

《家》在中国现代文学史上被称为“第一畅销书”，此为1933年初版的封面。《家》是巴金的代表作，是他长篇系列小说《激流三部曲》（包括《家》《春》《秋》）中最成功的一部，也是现代文学中描写封建大家族兴衰史的优秀长篇。《家》中的故事发生于“五四”前后，当时中国社会正处于一个风起云涌、激烈动荡的历史转折时期。背景是中国当时还很封闭的内地——四川成都。那里有一个官僚地主阶级的大家族——高公馆，公馆中除了老太爷，还有五房分支。小说主要以长房中的三兄弟：觉新、觉民、觉慧的故事为经，以各房及亲戚中的各种人物为纬，描绘出一幅大家族生活的画面，集中展现了封建大家族生活的典型形态，也真实地记录了一个封建大家族衰落、败坏以致最后崩溃的历史过程。

《复仇》
1932年出版

投身于新文化运动

1933年巴金北上，在北京与朋友靳以和前辈郑振铎等创办、编辑大型期刊《文学季刊》，以后又编辑《水星》《文学月刊》《文丛》等期刊。从此以后，巴金逐步将“五四”精神转化成“五四”文学实践。

1933年巴金在北平圆明园。巴金这次北上与北平文人圈有了广泛深入地接触，与他们建立了真挚的友谊。他们都是以后办刊、办出版社的主要作者，也是当时新文化运动的最有生气的力量。圆明园位于北京市西郊，海淀区东部。原为清代一座大型皇家御苑，占地约5200亩，平面布局呈倒置的品字形。圆明园由圆明、长春、绮春三园组成，总面积达350公顷。它的陆上建筑面积和故宫一样大，水域面积又等于一个颐和园。圆明园汇集了当时江南若干名园胜景的特点，融中国古代造园艺术之精华，以园中之园的艺术手法，将诗情画意融化于千变万化的景象之中。圆明园是一座珍宝馆，里面藏有名人字画、秘府典籍、钟鼎宝器、金银珠宝等稀世文物，集中了古代文化的精华。圆明园也是一座异木奇花之园，名贵花木多达数百万株。完整目睹过圆明园的西方人把它称为“万园之园”。遗憾的是，1860年英法联军和1900年八国联军两次洗劫圆明园，园中的建筑被烧毁，文物被劫掠，奇迹和神话般的圆明园变成一片废墟，只剩断垣残壁，供人凭吊。

1934年春天与沈从文夫妇摄于北平府右街达子营沈寓。巴金与沈从文尽管是一对文学观不同但却保持了终生友谊的好友。沈从文，原名沈岳焕，笔名休芸芸、甲辰、上官碧、璇若等，乳名茂林，字崇文，湖南凤凰县人，苗族，祖母刘氏是苗族，其母黄素英是土家族，祖父沈宏富是汉族。沈从文是中国现代著名作家、历史文物研究家、京派小说代表人物。14岁时，他投身行伍，浪迹湘川黔边境地区，1924年开始文学创作，抗战爆发后到西南联大任教，1931年—1933年在山东大学任教。1946年回到北京大学任教，新中国成立后在中国历史博物馆和中国社会科学院历史研究所工作，主要从事中国古代历史的研究。沈从文1988年病逝于北京。

日本求学

1934年，11月21日，巴金乘“浅间丸”客轮前往日本，24日到横滨，经友人吴朗西、张晓天介绍，住横滨牧町小山上一个高等商业学校教汉语的副教授武田博家，化名黎德瑞。开始在日本学习日文。此间，鲁迅、茅盾应伊罗生之托，编选现代中国作家的短篇小说集《草鞋脚》，选入巴金的《将军》，在鲁迅、茅盾商定，由茅盾执笔写的作者简介中说：“《将军》作者巴金是一个安那其主义者，可是近来他的作品渐少安那其主义的色彩，而走向realism（真实的）了。”

巴金与日本友人一家。1935年1月摄于日本横滨。

进入出版界

回国后。他把大量的时间和精力用在编辑和出版工作上，在笔耕不辍的同时，支持许多进步作家的创作，为发展进步文艺事业做出了不可磨灭的贡献。1935年10月，他收到鲁迅的《故事新编》稿，编入《文学丛刊》第一集。11月，他的短篇小说集《神·鬼·人》出版。1936年2月，《巴金短篇小说集》(第一集）出版。3月，短篇小说集《沉落》、散文集《生之忏悔》出版。4月，《巴金短篇小说集》(第二集)、《爱情三部曲》(《雾·雨·电》）出版。

《爱情三部曲》(《雾·雨·电》）真实地记录了一群青年人为了信仰而拼搏的真实的故事，曾一度是巴金最为喜欢的作品。此为良友版1937年4月30日第三版的封面。

《雾》：周如

水从日本留学归来，在旅馆巧遇从前仰慕过的女子张若兰，一个美丽温柔的“小资产阶级女性”。但周如水却没有勇气表白，周如水在家乡有个没有爱情的丑妻，是他17岁时父母为他娶的，为此他拒绝了几次可能的幸福。陈真告诉张若兰真相，鼓励她主动向周表白并帮助他摆脱家庭束缚。软弱的周如水拒绝了张若兰的爱情，但也没有勇气回家。一年后，周如水又回到这个旅馆，此时他才接到家信得知家中妻子早于两年前病死，但张若兰早已离去，只剩下他在海边独自悔恨。

《雨》：两年后的上海，吴仁民的妻子已经病死，陈真被汽车撞死。此时张若兰已经嫁给一个大学教授，周如水又爱上了另一个“小资产阶级女性”——李佩珠。吴仁民恋上他从前帮助过的女学生熊智君。但很快发现熊智君的好友就是自己从前的恋人玉雯，她因为爱慕荣华富贵而抛弃了他，现在又因为孤独想与他重续旧好，吴仁民痛苦地拒绝了她。李佩珠决心做一个革命女性，拒绝爱情，周如水在绝望中投水自尽。吴仁民也得到玉雯自尽的消息，熊智君为了保护他抱病嫁给了玉雯的丈夫——一个军阀，并留信鼓励他追求事业。吴仁民在悲愤中终于振作了起来。

《电》：三年后的福建，李佩珠和她的朋友们在这里组成一个革命团体。吴仁民也来到这里，此时他已经成为一个成熟的革命者，他与李佩珠之间产生了爱情。但很快，革命事业遭到沉重打击，不断有成员被捕被杀，他们中的一员因无法忍受失去同志的悲愤，走上了暗杀的道路，但暗杀没有成功，他自己却遇难。佩珠父亲在上海突然失踪，她委托吴仁民回上海寻找，自己留下来继续朋友未完成的事业。

送别鲁迅

巴金一生崇敬鲁迅，视鲁迅先生为自己学习的榜样、人生道路的师长。尽管认识鲁迅较晚，但鲁迅先生的作品却很早就影响了他，鲁迅先生的作品与人品成为他踏进社会的一盏指路明灯，灼灼闪亮在前方。特别是鲁迅先生晚年对他的关注与厚爱更让巴金终生难忘。当巴金受到他人攻讦时，先生挺身而出，带病为文，替三个文学后辈讲上几句公道话。铮铮金声，永垂青史。令人深感遗憾的是这样的一代宗师，竟然只活到五十多岁就于1936年10月19日因病而去了。在鲁迅先生逝世周年纪念日之时，巴金从出版社的编辑部存稿中寻找出《纪念集》清样，重新校阅一遍，得冯雪峰的帮助，发印于一印刷厂，于纪念当日先行装订十册，亲手送给许广平先生备用。

巴金与其他人为鲁迅抬棺送灵，为中国“新文化运动的旗手”送行。抬棺者的身份后来成为一种传承鲁迅精神的象征。

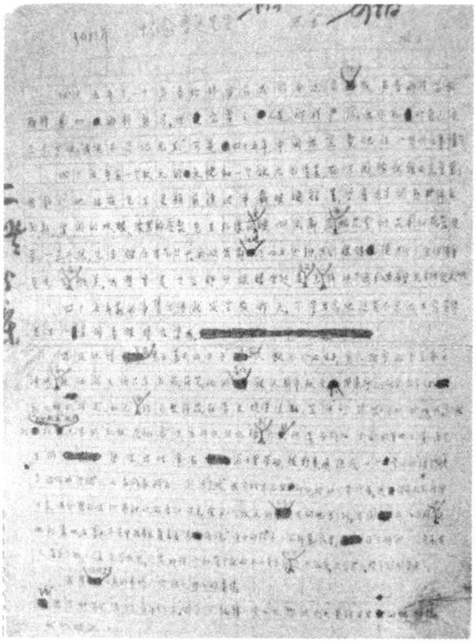

这是巴金1981年所写的《怀念鲁迅先生》手稿的第一页。历经磨难的他再一次表示要继承鲁迅先生“讲真话”的精神。鲁迅，中国文学家、思想家、革命家和教育家。1881年9月25日生于浙江省绍兴府会稽县（今绍兴市）东昌坊口。原名周树人，字豫山、豫亭、豫才。笔名除鲁迅外，还有邓江、唐俟、邓当世、晓角等。小时享受着少爷般的生活，后来家庭衰败变得贫困。青年时代受达尔文进化论和托尔斯泰博爱思想的影响。1898年鲁迅从周樟寿更名为周树人。1902年去日本留学，原在仙台医学院学医，后从事文艺工作，希望用以改变国民精神。1905~1907年，他参加革命党人的活动，发表了《摩罗诗力说》《文化偏执论》等论文。1918年以“鲁迅”为笔名，发表白话小说《狂人日记》。1936年10月19日因病逝世。他的作品主要有《祝福》《阿Q正传》《狂人日记》等。

初识萧珊

萧珊是巴金的妻子，二人1936年在上海第一次相识，她是巴金作品的忠实读者。她的身影开始出现在巴金的生活中，也很快就出现在他的作品里，那就是长篇小说《火》，其中一个颇为活泼的人物就是冯文淑，她的原型就是萧珊。二人经过8年的恋爱，于1944年结婚。

1936年8月萧珊给巴金的照片。背面写着：“给我敬爱的先生留个纪念。”当时萧珊是一位思想进步的高中生。巴金说：“她读了我的小说，给我写信，后来见到了我，对我发生了感情。”

抗日战争时期的巴金

以笔为枪

茅盾，原名沈德鸿，字雁冰，浙江桐乡人，笔名茅盾，生于1896年，1921年参加上海共产主义小组，为中国共产党早期党员，对中国现代新文学的建设有杰出贡献。1932年，完成长篇小说《子夜》。新中国成立后，在周总理建议下出任我国第一任文化部部长。小说《子夜》在新中国成立后曾被拍成电影。

1937年7月7日抗日战争全面爆发。8月22日，由《文学》《译文》《中流》《作家》四家刊物联合出版的《呐喊》周刊（第三期改名为《烽火》）在上海出版。茅盾、靳以为编辑，巴金为发行人，不久因茅盾离开上海由巴金编辑。24日，郭沫若主持的《救亡日报》创刊，巴金为编委。10月21日，《烽火》出至12期，被上海租界当局禁止，被迫停刊（后迁广州继续出版）。

1938年1月，巴金译作《告少年》（克鲁泡特金著）出版。2月译作《叛逆者之歌》（普希金等著）出版。3月长篇小说《春》由开明书店出版。同月与靳以一起经香港到广州。3月27日，“中华全国文艺界抗敌协会”在汉口成立。选出理事45人。巴金不在汉口，但仍被选为理事，并被推为桂林分会筹备员之一。为了配合中国的抗日战争，巴金先后编选、编译多种关于西班牙反法西斯斗争的画册、书籍，如《西班牙的血》《西班牙的黎明》《战士杜鲁底》《一个国际志愿兵的日记》等。

颠沛流离

1938年9月20日，日军飞机轰炸广州，在广州陷落前夕，巴金与萧珊一起乘木船离广州，26日到达梧州。11月10日到桂林，在桂林与艾芜、丽尼等人相遇。应邀到广西大学讲演。28日，广西临时参议会议长李任仁等招来桂文化界著名人士，巴金和鹿地亘夫妇、胡愈之、陶行知等出席。30日，从广州、汉口等地撤退到桂林的几十名文艺工作者，汇聚于倚虹楼开座谈会，决定成立中华全国文艺界抗敌协会桂林分会，巴金、夏衍等人被推选为分会理事。

1939年3月，散文集《旅途通讯》由桂林文化生活出版社出版。后同萧珊离开桂林返上海，在文化生活出版社编辑部工作。他编辑艾芜的短篇小说集《逃荒》，并作《后记》。5月编辑毕奂午的短篇小说集《雨夕》，并作《后记》。修改校订克鲁泡特金的《我的自传》。6月编选罗淑短篇小说集《地上的一角》，并作《后记》。7月巴金有关抗战的杂文集《感想》由烽火社出版。10月他的散文集《黑土》出版。

成为坚强的民族解放斗士

1940年5月，他的《秋》结稿，未在报刊发表，边写边发排，7月由开明书店出书。6月修改克鲁泡特金的《人生哲学：其起源及其发展》，易名为《伦理学

巴金与曹禺长达60年的友谊

的起源和发展》，1941年6月出版。8月译作《家庭的戏剧》（赫尔岑著）、短篇小说集《利娜》出版。9月译作凡宰特的自传《我的生活的故事》（即《一个卖鱼者的生涯》重译本）出版。是年9—11月吴天将《家》改编为五幕话剧。该剧于次年2月由上海剧艺社在上海辣斐剧场首次演出。

1940年12月7日，巴金出席中华全国文艺界抗敌协会举行的欢迎来渝作家茶会，出席会议的还有茅盾、冰心、老舍、郭沫若、田汉、艾青等70余人，周恩来同志代表中国共产党出席茶会，这是巴金首次见到周恩来。12月中旬，巴金由重庆至江安和曹禺见面，是时曹禺在戏剧专科学校任教。在江安住一周左右。16日为曹禺的剧本《蜕变》写后记。本月《火》第一部出版。12月底回重

巴金长篇小说《火》是一部宣传抗战的书。为抗战宣传是当时进步作家责无旁贷的责任。

庆。

1941年1月，巴金的五叔去世。重回故乡的感触促使巴金后来创作了《憩园》，书中杨老三即以五叔为原型而创造的。3月编罗淑小说、散文集《鱼儿坳》，并作《后记》。同月，出席中华全国文艺界抗敌协会举办的欢迎周恩来大会，听周恩来讲话，并握手致意。5月23日《火》第二部结稿。6月杂文集《无题》出版。12月7日，中华全国文艺界抗敌协会桂林分会举行第二届年会，出席者50余人，巴金等15人当选为分会理

《憩园》可以看作是《激流三部曲》的续篇，它是抗战期间巴金重返故乡的见闻。

事。

胜利前夜

1942年1月，散文集《龙·虎·狗》由文化生活出版社在重庆、上海同时出版。《火》第二部出版。4月短篇小说集《还魂草》出版。6月散文集《废园外》和《巴金短篇小说集》（第三集）出版。12月3日，在中华全国文艺界抗敌协会桂林分会第四届会员大会上再次当选为理事。

1943年3月，译完屠格涅夫《父与子》，同年7月

中篇小说《还魂草》封面。故事是两个孩子走了许多地方，终于在寒冷的夜里，其中的一个跌在石头上受了重伤，另一个想了好多办法，最终用自己的血浇灌还魂草救活了他的朋友，于是才平安无事。以此说明：灾难中，有你在，灯亮着！给人温暖，带来光明，指引方向，这是深藏人心的仁爱。就是苦难之时的还魂草！

巴金与萧珊在“花溪小憩”结婚。相恋8年，经历战火，没有仪式也没有祝贺的亲朋，两个志同道合的人平静地走到了一起。

出版。4月散文、小说集《小人小事》出版。9月译完德国作家史托姆的短篇小说集《迟开的蔷薇》，11月出版。11月译完屠格涅夫的《处女地》。年底至翌年初在《广西日报》副刊《漓水》上与赖诒恩神父就中国人的道德和生活问题展开论争。写《一个中国人的疑问》《谈谈两个标准》等文。

1944年4月，《火》第三部第三章以《田惠世》为题发表。五月初，巴金与萧珊从桂林出发至贵阳。8日巴金与萧珊在贵阳郊外的“花溪小憩”结婚。6月他离开贵阳到达重庆，住民国路文化生活出版社编辑部，与冯雪峰邻近，经常来往。本月译作《处女地》（屠格涅夫著）出版。7月《憩园》结稿。8月何其芳自延安来渝，偕巴金至曾家岩“周公馆”拜访周恩来同志。10月《憩园》由重庆文化生活出版社出版。12月底，巴金出席重庆文艺界座谈会，周恩来参加并讲话。

胜利时刻

1945年2月，巴金和老舍、茅盾等300人在重庆《新华日报》联名发表《文化界时局进言》。5月4日，

郭沫若，四川省乐山市人。原名郭开贞，字鼎堂，乳名文豹，号尚武。笔名沫若、麦克昂等。中国共产党优秀党员，致力世界和平运动，是我国现代著名的无产阶级文学家、诗人、剧作家、考古学家、思想家、古文字学家、历史学家、书法家，学者和著名的革命家、社会活动家，蜚声海内外；他是我国新诗的奠基人，是继鲁迅之后革命文化界公认的领袖。

巴金出席在曹家巷文化会堂举行的中华全国文艺界抗敌协会成立七周年暨第一届文艺节纪念会，郭沫若、胡风、老舍、邵力子、王平陵等百余人到会。本月译作《散文诗》（屠格涅夫著）出版。6月24日，郭沫若、老舍、叶圣陶、洪深、陈白尘、巴金等24人发起的茅盾五十寿辰庆祝会在重庆西南实业大厦举行。本月《火》第三部出版。

夏衍，原名沈乃熙，字端先，汉族，浙江省余杭县（今浙江杭州）人。是中国新文化运动的先驱者之一，中国著名文学、电影、戏剧作家，文艺评论家、文学艺术家、翻译家、社会活动家。祖籍河南开封，1900年10月30日生于浙江省余杭县（今浙江杭州）彭埠镇严家弄，1995年2月6日在北京逝世，终年95岁。

8月28日，毛泽东到重庆，巴金初次见到毛泽东。抗战胜利初期，中华全国文艺界抗敌协会组织“附逆文化人调查委员会”，委员会由老舍、夏衍、巴金等18

人组成，任务是负责调查背叛祖国、投靠日伪的汉奸文人的罪行。10月21日，文协在重庆张家花园会所举行会员联欢晚会，巴金和郭沫若、胡风、叶圣陶、冯雪峰等人出席。周恩来应邀参加，宣讲毛泽东关于文艺为工农兵服务的方针，介绍延安的文艺活动情况。

12月8日，巴金和郭沫若、茅盾等18人联名致电昆明各校师生，悼念因国民党特务和军队袭击学校而遇害的师生。17日，上海文艺界聚会，成立文协上海分会，巴金虽未出席，仍被选为分会理事。本月巴金新中国成立前的最后一个短篇小说集《小人小事》由文化生活出版社出版。

老舍：原名舒庆春，字舍予，中国现代小说家、文学家、戏剧家。老舍的一生，总是在忘我地工作，他是文艺界当之无愧的“劳动模范”，发表了大量影响后人的文学作品，获得“人民艺术家”的称号。1966年老舍被林彪、“四人帮”迫害致死。1978年6月3日，在北京八宝山革命烈士公墓为老舍举行了隆重的骨灰安放仪式。

解放战争中的巴金

呼吁和平

1946年1月20日，巴金和茅盾等21人联名发表“陪都文艺界致政治协商会议各委员书”，信中呼吁废止文化政策，确立民主的文化建设政策。本月，中篇小说《第四病室》由良友复兴图书公司出版。4月10日，散文集《旅途杂记》出版。本月巴金和张澜、沈钧儒、郭沫若等联名发表《致美国国会争取和平委员会书》。

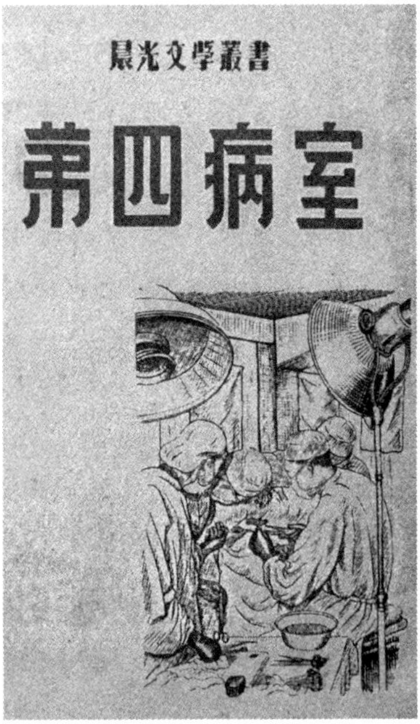

《第四病室》是巴金根据抗战期间住院的感受而写的。小小的病室就是当时社会的缩影，但同时巴金也没有忘记呼唤理想和人性的光辉。《第四病室》是一部日记体小说。

《寒夜》的诞生

6月巴金和马叙伦等上海各界人士上书蒋介石、马歇尔及各党派，呼吁永久和平。7月16日，他与茅盾、叶圣陶等260人联名发表《中国文化界反内战、争自由宣言》。8月《寒夜》开始在“文协”上海分会的刊物《文艺复兴》上连载，在这之前曾在《环球》画报上刊载一些章节。12月31日，长篇小说《寒夜》结稿，次年3月由上海晨光出版公司出版，这是巴金新中国成立前创作的最后一部小说。

1947年6月巴金为亡友鲁彦编辑《鲁彦短篇小说

电影《寒夜》的剧照

集》，并作《后记》。7月19日，巴金和郭沫若、茅盾、叶圣陶、胡风等13人致电联合国人权委员会，控诉国民党特务暗杀李公朴、闻一多的罪行。8月散文集《怀念》出版。9月编辑自选集《巴金文集》，次年由春风书店出版。11月参加编辑“文协”主办的《中国作家》杂志。

投身于新中国建设之中

1949年3月，巴金开始译鲁多夫·洛克尔的《六人》，10月出版。是年夏季，上海文化生活出版社协商增加董监事人数，提名巴金、朱洗、吴朗西、毕修勺、章靳以为常务董事，朱洗为董事长，康嗣群为总经理，巴金为总编辑。6月他从上海到北平。7月2日，他参加在北平举行的第一次全国文学艺术工作者代表大会，写《我是来学习的》。19日大会闭幕，巴金当选为中华全国文学艺术界联合会全国委员会委员。

23日中华全国文学工作者协会成立，巴金当选为该会全国委员会委员。9月当选为中国人民政治协商会

1949年7月巴金摄于北京，他是去参加首届文代会的，并做了《我是来学习的》书面发言。

议代表，中旬前往北京参加第一届全体会议。10月1日在天安门参加开国大典。11月译完屠格涅夫的中篇小说《蒲宁与巴布林》，12月出版。12月译完高尔基的《回忆契诃夫》，次年1月出版。

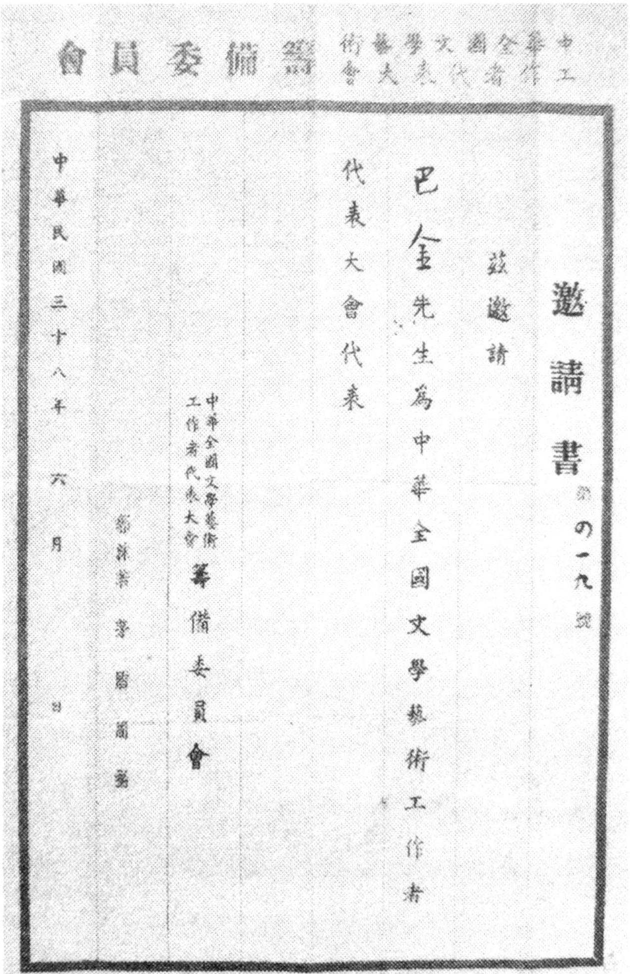

首届文代会的邀请书

新中国成立后的巴金

1950年2月，巴金译完高尔基的《回忆托尔斯泰》，4月出版。5月译完高尔基的《回忆布罗克》，7月出版。7月24日，他在上海解放剧场参加上海首届文学艺术工作者代表大会。大会历时6天，29日闭幕，巴金当选为上海文联副主席。8月译完巴甫罗夫斯基的《回忆屠格涅夫》，同月出版。9月译高尔基短篇小说四篇，连同旧译稿一篇，新编为《草原集》，11月出版。

为了和平的出访

10月30日，巴金参加以郭沫若为团长的第二届保卫世界和平大会代表团，前往波兰、苏联访问。临行前，代表团受到周恩来总理接见。本月译完迦尔洵的短篇小说集《红花》。11月出版。11月9日到达莫斯科，13日到达华沙，16日第二届保卫世界和平大会开幕，22日闭幕。

期间他访问了奥斯威辛和克拉科城。29日参加中国劳动人民代表团，从华沙到莫斯科，先后访问了莫斯科、彼得格勒和西伯利亚等地。12月18日离开苏联的奥特波尔回国，21日返抵北京。24日出席北京各界

玛克西姆·高尔基苏联无产阶级作家，原名阿列克赛·马克西莫维奇·彼什科夫。社会主义现实主义文学的奠基人。高尔基不仅是伟大的文学家，而且也是杰出的社会活动家。高尔基的作品自1907年就开始介绍中国。他的优秀文学作品和论著成为全世界无产阶级的共同财富。列宁称他为“无产阶级艺术最杰出的代表”。

1950年10月，巴金赴波兰参加第二届保卫世界和平大会途经哈尔滨车站。

抗美援朝，是抗美援朝战争和抗美援朝运动的统称，是20世纪50年代初，中国人民支援朝鲜人民抗击美国侵略的群众性运动。1950年10月，中国人民志愿军赴朝作战，抗美援朝开始。在抗美援朝战争中，志愿军得到了解放军全军和中国全国人民的全力支持，得到了以苏联为首的社会主义阵营的配合。1953年7月，《朝鲜停战协定》签订，从此抗美援朝胜利结束。图为中国人民志愿军跨过鸭绿江进入朝鲜作战。

庆祝中朝人民抗美援朝胜利，欢迎和大代表团返国大会，朱德、宋庆龄、李济深、沈钧儒等出席。

1951年2月编选散文集《华沙城的节日——波兰杂记》，3月出版。编译《纳粹杀人工厂——奥斯威辛》。将1938年出版的《西班牙的血》和《西班牙的苦难》二书合编改名为《西班牙的血》。均于3月出版。本月译完迦尔洵的《一件意外的事》，6月出版。6月散文集《慰问信及其他》结集，7月出版。7月《巴金选集》由开明书店出版。25日参加北方老根据地访问团华东分团，任副团长。同行的还有靳以、方令孺等。在一个多月里，访问了济南、沂南、镇江、扬州、盐城、兴化等城镇，8月底结束。11月译完迦尔洵的《癞蛤蟆和玫瑰花》，次年1月出版。

巴金编译的《纳粹杀人工厂——奥斯威辛》。

两次访问朝鲜

1952年1月，巴金译完屠格涅夫的《木木》，5月出版。2月在北京筹备全国文联组织的“朝鲜战地访问团”，任团长。该团有文学、艺术工作者18人。3月7日启程离京，15日到达安东，16日过鸭绿江，20日到达朝鲜前线，22日会见彭德怀司令员。25日写完《我们会见了彭德怀司令员》。28日彭德怀看过文章后复信

1952年4月12日，巴金和黄谷柳在朝鲜开城的志愿军营地。

群众游行，庆祝抗美援朝的伟大胜利。1958年，志愿军全部撤回中国。10月25日为抗美援朝纪念日。

巴金，提出修改意见。31日到达平壤。4月1日和其他20位作家联名发表控诉书，向全世界人民揭露美帝使用细菌武器的罪行。4日受到金日成接见，并参加朝鲜文学艺术总同盟举行的座谈会，然后去开城前线。10月1日在开城附近和志愿军一同过国庆节。后从朝鲜回国。

1953年2月，关于朝鲜的第一本散文集《生活在英雄们中间》出版。3至7月，《新生》《海的梦》

《雾·雨·电》《家》《憩园》《旅途随笔》《还魂草》及《父与子》（新译本）陆续重新修订出版。8月，再度去朝鲜访问。15日，在沙里院市参加黄海道54000人的群众大会，纪念朝鲜解放八周年。10月1日，在开城前线前沿阵地和志愿军一起庆祝建国。11月，巴金被选为中国作家协会第二届理事会理事、副主席。12月他离开朝鲜回国。26日，由巴金等15人组成华东作协创作委员会，组织委员学习过渡时期的总路线，总任务等。

安东·巴甫洛维奇·契诃夫，俄国小说家、戏剧家、19世纪末期俄国批判现实主义作家、短篇小说艺术大师。1860年1月29日生于罗斯托夫省塔甘罗格市。1879年进莫斯科大学医学系。1884年毕业后在兹威尼哥罗德等地行医，广泛接触平民和了解生活，这对他的文学创作有良好影响。1904年7月15日逝世。他和法国的莫泊桑，美国的欧·亨利齐名为三大短篇小说巨匠。

纪念契诃夫

1954年7月13日，巴金到达莫斯科，应邀参加契诃夫逝世五十周年纪念活动。14日参加契诃夫纪念馆的开幕典礼，法国小说家勃赖德尔、罗马尼亚诗人别纽克同车前去。巴金与苏联作家费定第一次见面。15日上午到“新圣母修道院”公墓为契诃夫扫墓；晚上在工会大厦出席“契诃夫逝世五十周年纪念大会”，作

著名的莫斯科红场。红场是俄罗斯首都莫斯科市中心的著名广场，位于莫斯科市中心，西南与克里姆林宫相毗连。是俄罗斯重要节日举行群众集会和阅兵的地方。西侧是克里姆林宫，北面为国立历史博物馆，东侧为百货大楼，南部为瓦西里布拉仁教堂。临莫斯科河。列宁陵墓位于靠宫墙一面的中部。墓上为检阅台，两旁为观礼台。

《向安东·契诃夫学习》的发言。16日晚在莫斯科文化艺术剧院看《万尼亚舅舅》。

17日下午，巴金在高尔基公园露天剧院参加“纪念契诃夫逝世五十周年”晚会。18日在瓦赫坦坷夫剧院看《海鸥》。21日起前往雅尔达、罗士托夫城、大冈罗格、伏尔加格勒等地访问参观。8月4日，离开莫斯科回国。9月编选《巴金短篇小说选集》并写《自序》，次年3月出版。编选《巴金散文选》并写《前记》，次年5月出版。散文集《保卫和平的人们》出版。

迷茫与不解

1955年2月，《春》《秋》由人民文学出版社重版。3月11日，在全国各人民团体负责人的联席会议上，巴金被推选为出席亚洲作家会议的中国代表团副团长，郭沫若任团长。5月，随笔集《谈契诃夫》出版。25日，在北京参加中国文联主席团、作协主席团召开的联席扩大会议，讨论反胡风问题。同月写书评《谈别有用心的〈洼地上的战役〉》。12月2日，出席上海纪念《草叶集》出版100周年和《堂·吉诃德》出版350周年座谈会，并在会上做了《永远属于人民的两部巨著》的报告。

1956年1月5日，偕周立波从北京启程前往柏林参

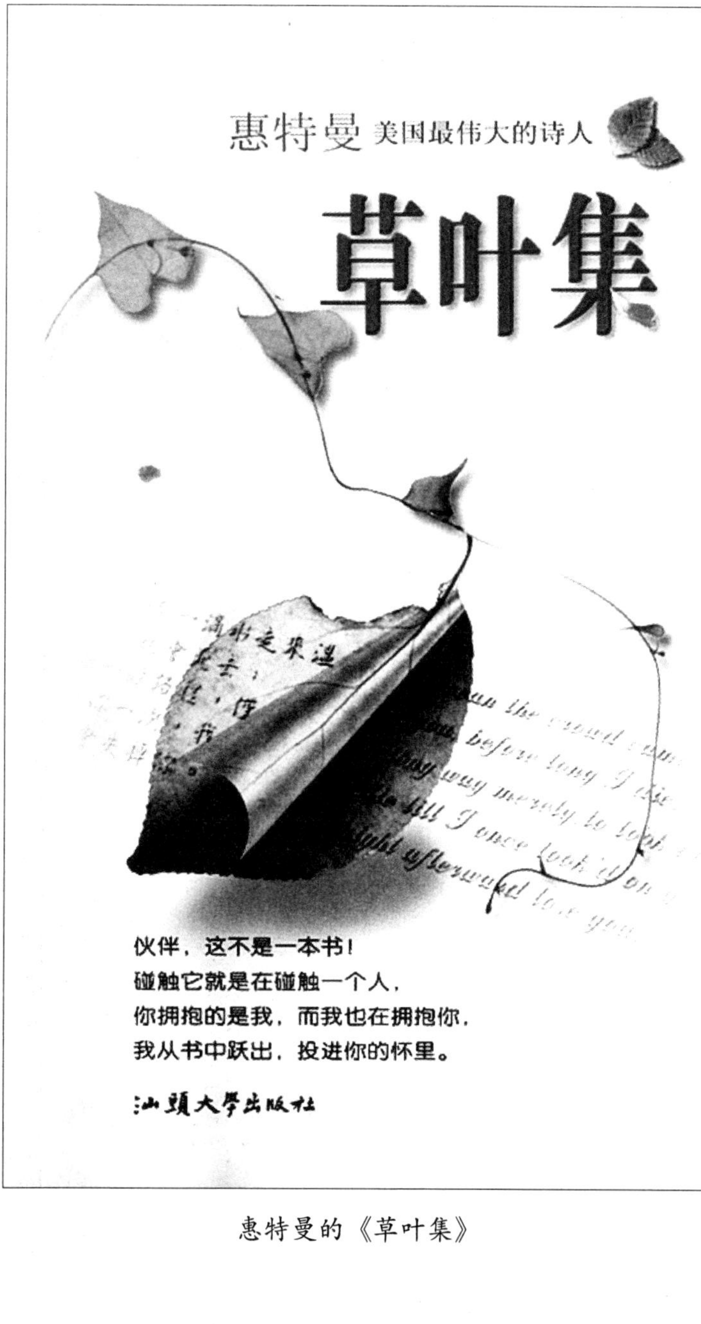
惠特曼 美国最伟大的诗人
草叶集
伙伴，这不是一本书！
碰触它就是在碰触一个人，
你拥抱的是我，而我也在拥抱你，
我从书中跃出，投进你的怀里。
汕頭大學出版社

惠特曼的《草叶集》

赵树理，原名赵树礼，山西沁水县尉迟村人，现代著名小说家、人民艺术家。小说多以华北农村为背景，反映农村社会的变迁和存在其间的矛盾斗争，塑造农村各式人物的形象，开创的文学“山药蛋派”，成为新中国文学史上最重要、最有影响的文学流派之一。

加第四届德意志民主共和国作家大会。2月7日至3月6日，在北京参加中国作协二次理事会（扩大）会议。会议期间与茅盾、老舍、曹禺受到毛泽东主席接见。周扬在会议报告中指出：“作家茅盾、老舍、巴金、曹禺、赵树理都是当代语言艺术的大师”。7月写《“鸣”起来吧》《“独立思考”》等杂文，均署名余一。8月编成散文集《大欢乐的日子》，次年3月出版。10月14日，参加鲁迅新墓迁葬仪式，和金仲华一起把复制的“民族

冯雪峰，原名福春，笔名雪峰、画室、洛扬等。浙江义乌人。1927年加入共产党。1934年参加长征。1937年回家乡，创作反映长征的长篇小说《卢代之死》。还发表了许多杂文及文艺理论文章和许多寓言。新中国成立后，先后任人民文学出版社社长兼总编、《文艺报》主编、中国作协副主席、党组书记。1954年后因《红楼梦》研究问题和“胡风事件”受批判，1957年被划为右派；1966年又被关进牛棚。1976年患肺癌去世。1979年中共中央为他彻底平反并恢复名誉。

魂”旗帜献盖在灵柩上。12月下旬，去印度新德里参加亚洲作家会议。23日开幕，28日闭幕。

1957年3月，在北京参加作协创作规划会议，与赵丹、方纪等人接受毛泽东主席的接见。毛泽东主席说，知识分子的大多数是爱国的，是愿意为社会主义服务的，又说，马克思、恩格斯当时写文章都是以理服人，现在有些人写文章不是以理服人，而是以势压人。这些话给他留下深刻印象。6月26日—7月26日在北京参加第一届全国人民代表大会第四次会议。返沪前一天与冯雪峰长谈一次。

巴金的故事：称自己的作品百分之五十是废品

《巴金全集》26卷，700多万字。这是巴金献给人类的一笔巨大财富。

文人多自尊，多轻狂，多自以为是。世上少有赞叹别人的文人，更鲜有批评自己的文人。所谓“文人相轻”，不仅有道理，而且是一个普遍现象。

巴金却说自己“不”。这个“不”，不是他在《随想录》中对自己灵魂的拷问，而是对自己的文学成就，文学生命。他说，他的作品，百分之五十是废品。

20世纪80年代中后期，人民文学出版社拟出版《巴金全集》。起初，巴金不同意。编辑王仰晨几次来沪做说服工作，被王仰晨的热情和决心打动，一年后巴金终于同意了。

巴金为何不同意出版他的《全集》呢？巴金说，编印《全集》是对自己的一次惩罚。因为，他认为，他的作品百分之五十不合格，是废品。

巴金是无情的。他说，第4卷中的《死去的太阳》，是一篇幼稚之作，第5卷中的《利娜》，严格地说还不是“创作”。他认为《砂丁》和《雪》都是失败之作。这两篇小说，写于20世纪30年代初，以矿工生活为题材。他虽然在长兴煤矿住过一个星期，但是对矿工的生活，了解的还只是皮毛。因此，编造的成分很大。尽管如此，当时统治者还是很害怕这两篇小说，发行不久就遭到查禁。《雪》的原名叫《萌芽》，重印时改为《雪》。

巴金是严厉的。在读者中广为流传的《爱情三部曲》，他也说是不成功之作。在《巴金全集》第6卷“代跋”中，巴金开篇就写道：“《爱情三部曲》也不是成功之作。关于这三卷书我讲过不少夸张的话，甚至有些装腔作势。我说我喜欢它们，1936年我写《总序》的时候，我的感情是真诚的。今天我重读小说中某些篇章，我的心仍然不平静，不过我不像从前那样的喜欢它们了，我看到了一些编造的东西。有人批评我写革命‘上无领导、下无群众’，说这样的革命是空想，永远‘革’不起来。说得对！我没有一点革命的经验。也可以说，我没有写革命的‘本钱’。我只是想为一些熟人画像，他们每个人身上都有使我感动的发光的东西。我拿着画笔感到毫无办法时，就求助于想象，求助于编造，企图给人物增添光彩，结果却毫无所得。”

巴金是苛刻的。他还说《火》是失败之作。说它是失败之作，巴金多次讲过。在编选《巴金选集》时，也没有把它们收进去。巴金说：“我不掩盖自己的缺点。但写一个短篇，不一定会暴露我的缺点。写中篇、长篇那就不同了，离不了生活，少不了对生活的感受。生活不够，感受不深，只好避实就虚，因此写出了肤浅的作品。”关于《火》，巴金还说：“三卷《火》中我写了两位熟人……但是我应该承认跟我这样熟的两个人我都没有写好……除了刚才说的‘避实就虚’外，我还有一个毛病，我做文章一贯信笔写去，不是想好才写。我没有计划，没有蓝图，想到哪里就写到哪里。所以我不是艺术家，也不是文学家，更不是什么大师。我只是用笔做武器，靠作品生活，在作品中进行战斗。我经常战败，倒下去，又爬起来，继续战斗。”

巴金是彻底的。他觉得，他在一些文章中写了自

靳以

靳以，作家。天津人。原名章方叙，又名章依（见1931《小说月报》），字正侯，笔名靳以（20世纪30年代启用）。1932年毕业于复旦大学国际贸易系。抗战期间任重庆复旦大学教授，兼任《国民公报》副刊《文群》编辑。1940年在永安与黎烈文编《现代文艺》。1944年回重庆复旦大学，胜利后随校迁回上海，任国文系主任，与叶圣陶等合编《中国作家》。1933年起，先后与郑振铎合编《文学季刊》，与巴金合编《文季月刊》。建国后，历任沪江大学教务长、教授，复旦大学教授，《收获》主编，中国作协书记处书记，中国作协第一、二届理事和上海分会副主席。出版有《猫与短简》《雾及其他》《血与火花》，散文集《幸福的日子》《热情的赞歌》等。1959年11月7日凌晨，靳以因心脏病第三次复发在上海离开人世，离开了他一生热爱而倾心的文学事业。

己不想说的话，写了自己不理解的事情。在一些作品里，他还写了许多不切实际的豪言壮语，与读者的距离越来越远。他的百分之五十废品的观点，自然不被人们认同。编辑王仰晨首先在给巴金的信中表达了异议。巴金回信道：“说到废品你不同意，你以为我谦虚。你不同意我那百分之五十的废品的看法。但是，重读过去的文章，我绝不能宽恕自己。有人责问我为什么把自己搞得这样痛苦，正因为我无法使笔下的豪言壮举成为现实。”

巴金是理智的。他清晰地看到时代的发展，社会的变化。所以，他说：“三十年代、四十年代的青年把我当作他们的朋友……在十八九岁的日子，热情像一锅煮沸的油，谁都愿意贡献出自己宝贵的血。我写了一本又一本的书，一次又一次地送到年轻读者手中。

巴金与夫人萧珊的爱情是浪漫而又令人感动的。巴金在萧珊去世后曾写道：“她是我生命的一部分，她的骨灰里有我的泪和血。这是她的最后，然而绝不是她的结局，她的结局将和我的连在一起。”

我感到我们之间的友谊在加深。但是二十年后，五十年代至八十年代的青年就不理解我了。我感到寂寞、孤独，因为我老了，我的书也老了，无论怎样修饰、加工，也不能给它们增加多少生命。你不用替我惋惜，不是他们离开我，是我离开了他们。我的时代可能已经过去。我理解了自己，就不会感到遗憾，也希望读者理解我。”

1960年夏天，巴金夫妇在北戴河海滩。

一个睿智的人，一个真诚的人，一个可敬的人——巴金。

风雨过后

1958年2月1日，巴金出席第一届全国人民代表大会第五次会议，为主席团成员。3月《巴金文集》第一卷、第二卷出版。13日，写《法斯特的悲剧》，发表于《文艺报》第11期，引起指责和批评。5月19日，他给

巴金访日（左三为巴金）

《文艺报》编辑部写信，表示接受批评。4月《巴金文集》第三卷出版。5月《巴金文集》第四卷出版。8月《巴金文集》第五卷出版。10月4日，巴金到苏联塔什干参加亚非作家会议。15日乘飞机去撒马尔汗访问，并参加乌兹别克作家代表大会。19日乘飞机到莫斯科，下旬回国。本月开始，《中国青年》《文学知识》《读书》等杂志开展对巴金新中国成立前作品的批判和讨论。本月《巴金文集》第六卷出版。

1959年4月巴金编完散文集《新声集》，9月出版。5月编完散文集《友谊集》，9月出版。6月《巴金文集》第七卷、第八卷出版。9月与萧珊合译的《屠格涅夫中短篇小说选》出版。10月《巴金文集》第十卷出

《巴金文集》出版了，作者自己在书房看一看。这种欣慰和自然的心境在20世纪60年代是越来越少了。

1962年，巴金第二次访日。

1959年，肖珊和巴金合译的《屠格涅夫中短篇小说选》由人民文学出版社出版。

版。

1960年3月中旬，巴金以全国人民代表大会代表身份到昆明及锡城个旧视察访问。4月散文集《赞歌集》出版。7月下旬赴北京，参加全国文学艺术工作者第三次代表大会，在会上作题为《文学要走在时代的前头》的发言，当选为全国文联副主席。8月13日，第三次文代会闭幕。同期参加全国作协第三次理事会(扩大)会议，继续当选中国作家协会副主席。

二次出访日本

1961年3月，巴金参加在东京召开的亚非作家会议常设委员会紧急会议，任中国作家代表团团长。在日本约一个月时间，访问了东京、京都、镰仓、箱根等地。结识了中岛健藏、青野吉季、木下顺二等作家。回国前一天，在告别酒会上见到《骷髅的跳舞》的作者秋田雨雀。

柯灵原名高季琳，笔名朱梵、宋约。原籍浙江绍兴，生于广州。中国电影理论家、剧作家、评论家。

7月20日创作短篇小说《团圆》。这篇小说1963年由毛峰、武兆堤改编为电影《英雄儿女》。8月到黄山。在这里编成短篇小说集《李大海》，12月出版。9月返回上海。25日参加上海各界纪念鲁迅诞生八十周年大会，作《鲁迅仍然和我们在一起》的讲话。10月《巴金文集》第十、十一卷出版。11月《巴金文集》第十二卷出版。12月《巴金文集》第十三卷出版。

1962年7月底，巴金率领中国代表团赴东京出席第八届禁止氢弹、原子弹世界大会，会期为两个星期。8月《巴金文集》第十四卷出版。至此，汇集新中国成立前文学创作的十四卷文集出齐。

1965年，巴金在越南前线。越南战争是越南民主共和国和越南南方民族解放阵线反抗美国和越南共和国的战争。美国在越南战争中失败。越南战争是冷战下的一次实战，希望统一越南的越南反政府武装、越南南方民族解放阵线在越南民主共和国主席胡志明的支持下，推翻越南共和国总统吴庭艳的政府。美国则出兵帮助越南共和国。最先开始支持越南共和国的美国总统是德怀特·戴维·艾森豪威尔；约翰·菲茨杰拉德·肯尼迪开始支持在越南作战；林登·约翰逊将战争扩大。在理查德·米尔豪斯·尼克松执政时期，美国因为国内的反战浪潮，逐渐将美国国防军撤出越南。越南人民军和越南南方民族解放阵线最终推翻了越南共和国，统一了越南全国。

巴金两次访问越南

1963年4月，巴金去北京参加全国文联第三次扩大会议。6月10日，和李束为到越南访问，为期五个星期。本月访日散文集《倾吐不尽的感情》出版。12月5日，率领中国作家代表团到达东京访问，日本共产党中央政治局委员藏原惟人曾接见。本月回国。

1964年6月编选访越散文集《贤良桥畔》，9月出版。8月去大寨参观访问，回上海后写报告文学《大寨行》。12月21日，在北京参加第三届全国人民代表大会第一次会议。

1965年7月15日，被迫发表批判电影《不夜城》的文章。访越前与萧珊一起去看望该电影的编剧柯灵。本月第二次访越。访问了奠边府、海防市等地，20日受胡志明主席接见。12月在上海参加周恩来总理为斯特朗八十岁生日举行的宴会。

1966年6月，在北京参加亚非作家紧急会议。任中国作家代表团副团长。7月10日，出席在人民大会堂举行的北京市人民支援越南人民抗美救国斗争大会，为主席团成员，在会上见到老舍，这是两人的最后一次见面。

巴金的沉思

巴金与他的家人在“文革”都遭到了不公正的对待，使他们的身心受到了严重的伤害。“文革”结束后，巴金沉痛地写下了怀念妻子的文章。

怀念萧珊（节选）

今天是萧珊逝世的六周年纪念日。六年前的光景还非常鲜明地出现在我的眼前。那一天我从火葬场回到家中，一切都是乱糟糟的，过了两三天我渐渐地安静下来了，一个人坐在书桌前，想写一篇纪念她的文章。在五十年前我就有了这样一种习惯：有感情无处倾吐时我经常求助于纸笔。可是一九七二年八月里那几天，我每天坐三四个小时望着面前摊开的稿纸，却写不出一句话。我痛苦地想，难道给关了几年的“牛棚”，真的就变成“牛”了？头上仿佛压了一块大石头，思想好像冻结了一样。我索性放下笔，什么也不写了。

萧珊

她不想死，她要活，她愿

意改造思想，她愿意看到社会主义建成。这个愿望总不能说是痴心妄想吧。她本来可以活下去，倘使她不是“黑老K”的“臭婆娘”。一句话，是我连累了她，是我害了她。

在我靠边的几年中间，我所受到的精神折磨她也同样受到。但是我并未挨过打，她却挨了“北京来的红卫兵”的铜头皮带，留在她左眼上的黑圈好几天以后才褪尽。她挨打只是为了保护我，她看见那些年轻人深夜闯进来，害怕他们把我揪走，便溜出大门，到对面派出所去，请民警同志出来干预。那里只有一个人值班，不敢管。当着民警的面，她被他们用铜头皮带狠狠抽了一下，给押了回来，同我一起关在马桶间里。

她不仅分担了我的痛苦，还给了我不少的安慰和鼓励。在“四害”横行的时候，我在原单位（中国作家协会上海分会）给人当作“罪人”和“贱民”看待，日子十分难过，有时到晚上九十点钟才能回家。我进了门看到她的面容，满脑子的乌云都消散了。我有什么委屈、牢骚，都可以向她尽情倾吐。有一个时期我和她每晚临睡前要服两粒眠尔通才能够闭眼，可是天刚刚发白就都醒了。我唤她，她也唤我。我诉苦般地说：“日子难过啊！”她也用同样的声音回答：“日子难过啊！”但是她马上加一句：“要坚持下去。”或者再加

一句："坚持就是胜利。"我说"日子难过"，因为在那一段时间里，我每天在"牛棚"里面劳动、学习、写交代、写检查、写思想汇报。任何人都可以责骂我、教训我、指挥我。从外地到"作协分会"来串连的人可以随意点名叫我出去"示众"，还要自报罪行。上下班不限时间，由管理"牛棚"的"监督组"随意决定。任何人都可以闯进我家里来，高兴拿什么就拿走什么。这个时候大规模的群众性批斗和电视批斗大会还没有开始，但已经越来越逼近了。

她说"日子难过"，因为她给两次揪到机关，靠边劳动，后来也常常参加陪斗。在淮海中路"大批判专栏"上张贴着批判我的罪行的大字报，我一家人的名字都给写出来"示众"，不用说"臭婆娘"的大名占着显著的地位。这些文字像虫子一样咬痛她的心。她让上海戏剧学院“狂妄派”学生突然袭击，揪到“作协分会”去的时候，在我家大门上还贴了一张揭露她的所谓罪行的大字报。幸好当天夜里我儿子把它撕毁。否则这一张大字报就会要了她的命！

人们的白眼，人们的冷嘲热骂蚕食着她的身心。我看出来她的健康逐渐遭到损害。表面上的平静是虚假的。内心的痛苦像一锅煮沸的水，她怎么能遮盖住！怎么能使它平静！她不断地给我安慰，对我表示信任，替我感到不平。然而她看到我的问题一天天地变得严重，上面对我的压力一天天地增加，她又非常担心。有时同我一起上班或者下班，走近巨鹿路口，快到“作协分会”，或者走近湖南路口，快到我们家，她总是抬不起头。我理解她，同情她，也非常担心她经受不起沉重的打击。我记得有一天到了平常下班的时间，我们没有受到留难，回到家里她比较高兴，到厨房去烧菜。我翻看当天的报纸，在第三版上看到当时做了“作协分会”的“头头”的两个工人作家写的文章《彻底揭露巴金的反革命真面目》。真是当头一棒！我看了两三行，连忙把报纸藏起来，我害怕让她看见。她端着烧好的菜出来，脸上还带笑容，吃饭时她有说有笑。饭后她要看报，我企图把她的注意力引到别处。但是没有用，她找到了报纸。她的笑容一下子完全消失。这一夜她再没有讲话，早早地进了房间。我后来发现她躺在床上小声哭着。一个安静的夜晚给破坏了。今天回想当时的情景，她那张满是泪痕的脸还在我的眼前。我多么愿意让她的泪痕消失，笑容在她那憔悴的脸上重现，即使减少我几年的生命来换取我们家庭生活中一个宁静的夜晚，我也心甘情愿！

她非常安静，但并未昏睡，始终睁大两只眼睛。眼睛很大，很美，很亮。我望着，望着，好像在望快要燃尽的烛火。我多么想让这对眼睛永远亮下去！我多么害怕她离开我！我甚至愿意为我那十四卷“邪书”受到千刀万剐，只求她能安静地活下去。

不久前我重读梅林写的《马克思传》，书中引用了马克思给女儿的信里的一段话，讲到马克思夫人的死。信上说：“她很快就咽了气。……这个病具有一种逐渐虚脱的性质，就像由于衰老所致一样。甚至在最后几小时也没有临终的挣扎，而是慢慢地沉入睡乡。她的眼睛比任何时候都更大、更美、更亮！”这段话我记得很清楚。马克思夫人也死于癌症。我默默地望着萧珊那对很大、很美、很亮的眼睛，我想起这段话，稍微得到一点安慰。听说她的确也“没有临终的挣扎”，也是“慢慢地沉入睡乡”。我这样说，因为她离开这个世界的时候，我不在她的身边。那天是星期天，卫生防疫站因为我们家发现了肝炎病人，派人上午来做消毒工作。她的表妹有空愿意到医院去照料她，讲好我们吃过中饭就去接替。没有想到我们刚刚端起饭碗，就得到传呼电话，通知我女儿去医院，说是她妈妈“不行”了。真是晴天霹雳！我和我女儿、女婿赶到医院。她那张病床上连床垫也给拿走了。别人告诉我她在太平间。我们又下了楼赶到那里，在门口遇见表妹。还是她找人帮忙把“咽了气”的病人抬进来的。死者还不曾给放进铁匣子里送进冷库，她躺在担架上，但已经给白布床单包得紧紧的，看不到面容了。我只看到她的名字。我弯下身子，把地上那个还有点人形的白布包拍了好几下，一面哭着唤她的名字。不过几分钟的时间。这算是什么告别呢?

据表妹说，她逝世的时刻，表妹也不知道。她曾经对表妹说：“找医生来。”医生来过，并没有什么。后来她就渐渐地“沉入睡乡”。表妹还以为她在睡眠。一个护士来打针，才发觉她的心脏已经停止跳动了。我没有能同她诀别，我有许多话没有能向她倾吐，她不能没有留下一句遗言就离开我！我后来常常想，她对表妹说：“找医生来”，很可能不是“找医生”，是“找李先生”（她平日这样称呼我）。为什么那天上午偏偏我不在病房呢？家里人都不在她身边，她死得这样凄凉！

一切都结束了。过了几天我和女儿、女婿到火葬场，领到了她的骨灰盒。在存放室寄存了三年之后，我按期把骨灰盒接回家里。有人劝我把她的骨灰安葬，我宁愿让骨灰盒放在我的寝室里，我感到她仍然和我在一起。

“文革”后的巴金

劫后重生

1977年4月《往事与随想》第一、二卷译成。5月18日巴金写《一封信》，恢复了写作的权利。23日，

这是由《家》改编的电影的剧照

他出席上海文艺界的座谈会。25日,《一封信》在《文汇报》上发表。27日写《第二次的解放》,发表于6月11日《解放日报》。这两篇文章发表后,到本年底为止,《文汇报》收到一百五十余封要求转交巴金的读者来信。8月他为《家》重印本写《后记》,认为“我的作品已完成了它的历史任务”。该版11月由人民文学出版社出版。26日,为法译本《家》写序。

本年,沙汀专程从四川到上海相会。叶圣陶从北京寄赠诗一首:“诵君文,交不浅,五十年。平时未必常晤叙,十载契阔心怅然。本年春《文汇》刊书翰,识与不识众口传。挥洒雄健犹往昔,蜂虿于君何有焉。杜云古稀今曰壮,伫看新作涌如泉。”

1978年2月25日,巴金在北京出席第五届全国人民代表大会第一次会议。同月,《处女地》新译本由人民文学出版社出版。6月3日在八宝山革命公墓参加老舍的追悼会。5日,文联三届三次(扩大)会议结束,在会上做《迎接社会主义文艺的春天》的发言,提出“创作要上去,作家要下去”的口号。18日在北京参加郭沫若的追悼大会。

1979年4月24日,他率领中国作家代表团抵达巴黎访问,这是自1928年离开法国后的第一次重访。在法国访问了尼斯、马赛、里昂、沙多吉里等城。并参加多次座谈会、问答会。

7月18日—7月19日，巴金在北京参加五届人大二次会议和五届政协二次会议。7月汇集巴金反映抗美援朝斗争生活的小说散文集《英雄的故事》由四川人民出版社出版。8月8日，他写《纪念雪峰》，对反右作深刻检讨。10月14日在上海寓所会见香港《八方》文艺丛刊编委李黎。本月译作《往事与随想》(赫尔岑著)第一册出版。31日，在北京参加中国文学艺术工作者第四次代表大会。

总结与沉思

11月16日，巴金在文代会上被选为中国文联第四

沉思中的巴金

赵丹

届全国委员会委员。17日被选为中国文联副主席，中国作协第一副主席。是日大会闭幕。周扬在报告中指出，巴金是现代文艺史上以鲁迅为代表的文学巨匠之一。12月在北京参加中国作家协会第三次代表大会，致闭幕词。

1980年3月下旬巴金抵北京，参加1979年全国优秀短篇小说评选发奖大会。22日，在中国作协会见意大利留学生、意大利文本《家》的译者玛尔格丽达·彼阿斯科，回答了她提出的问题。本月《巴金选集》(上下集)由人民文学出版社出版。4月1日，他率领中国作家代表团到日本东京访问。2日，受大平首相接见。4日，在东京朝日讲堂讲演会上做《文学生活五十年》的讲话。11日在京都“文化讲演会”上做《我和文学》的讲话。18日返沪。在日本期间，他还访问了广岛、京都、奈良、德岛、长崎等地。

6月《巴金中篇小说选》上卷由四川人民出版社出版。7月《巴金中篇小说选》（下卷）出版。4日至10

日，率领中国世界语代表团去瑞典参加第六十五届世界语大会。12日会见瑞典科学院秘书拉尔斯·居伦斯顿，下午回国，17日返抵上海。10月10日赵丹去世。11日至13日写纪念文章《赵丹同志》。12《创作回忆录》结稿。《巴金近作》第二集出版。

致力于中国现代文学馆的筹备建设中

1981年3月12日，《人民日报》发表《〈创作回忆录〉后记》并附编者《后记》，十分重视巴金关于建立“中国现代文学馆”的倡议。巴金的倡议得到茅盾、叶圣陶、夏衍、冰心、丁玲等人的赞成和支持。罗荪、

晚年的巴金与冰心，中国文坛上两棵受人尊敬的常青树。

臧克家、曹禺、周而复等撰文表示响应。该馆筹备委员会于本年12月在北京成立，巴金、谢冰心、曹禺等9人为委员。4月11日在北京人民大会堂西大厅参加茅盾追悼大会。

20日，出席中国作协主席团扩大会议，当选为主席团代理主席。会议决定成立茅盾文学奖金委员会，由巴金任主任委员。会议讨论了筹建现代文学馆的问题，巴金提出，他准备献出稿费15万元作建馆基金，并愿捐出自己的全部手稿和有关资料。21日，鲁迅一百周年诞辰纪念委员会在北京成立，邓颖超，巴金等9人任副主任委员。本月《随想录》第二集《探索集》由三联书店香港分店出版。

5—8月编选《序跋集》，次年3月出版。该书稿费全部捐赠中国现代文学馆。9月15日，率中国笔会中心、中国上海笔会中心、中国广州笔会中心代表团（一行9人）启程赴法国，参加第四十五届国际笔会大会。大会21日在里昂开幕，25日在巴黎闭幕。在会上讲话。29日在巴黎中国城饭店和其他先行回国的中国代表团成员告别。30日前往瑞士访问。本月《创作回忆录》由三联书店香港分店出版。

10月13日在北京主持中国作协主席团会议。会议决定年内举行第二次中国作协理事会全会；恢复胡风

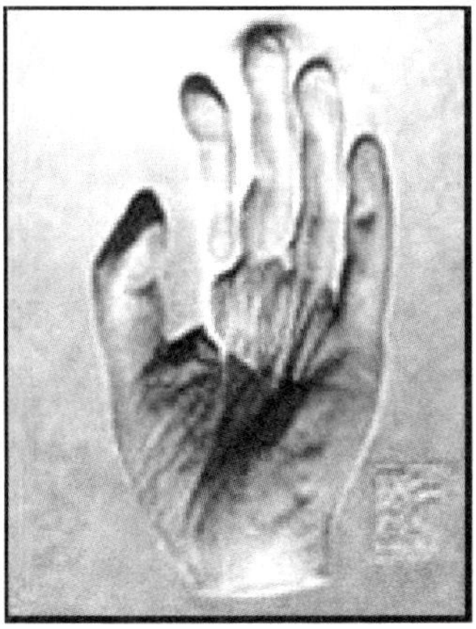

巴金的手模

的作协会籍；确定“茅盾文学奖”首届评奖的范围；听取筹备建立中国现代文学馆的报告。12月18日—22日，他出席中国作协第三届理事会第二次会议。在会上致开幕词和闭幕词。22日会议一致选举巴金为中国作协主席。全国文联主席周扬在会上讲话，指出：“巴金同志在文学界的声望和贡献，是中外公认的。几十年来，他的作品就以其歌颂光明、揭露黑暗的力量，引导着许多人走向革命。他忠诚于人民，忠诚于党和人民的文学事业。”

1982年3月15日，意大利驻华大使塔马尼到上海寓所宣布：1982年“但丁国际奖”授予巴金。意大利“但丁·亚利基里学会”会员费尔南多代表学会，赠送新印的《神曲》精装本四册，巴金转赠自己的《家》《春》《秋》和《随想录》一、二集。4月《巴金近作》第三集《探索与回忆》出版。7月经巴金审定的《巴金散文选》上下册由浙江人民出版社出版。

本月他选编的十卷本《巴金选集》由四川人民出版社一次出版，该集收入1927年至1981年的主要作

品，是继《巴金文集》之后规模最大的选集。本书的稿费全部捐赠中国现代文学馆。10月《随想录》第三

中国现代文学馆中的巴金雕塑

集《真话集》由三联书店香港分店出版。11月7日，因连日整理藏书过累，晚上在家中二楼书房里跌跤，造成左股骨粗隆间骨折。住上海市华东医院治疗，得到党和政府领导人，全国文联、作协及各地作家、广大读者的深切关心。

随着年岁的增长，巴金的身体和精力都大不如前了，但是他的心和意志却从未动摇过，仍然以惊人的毅力完成了40多万字的《随想录》的写作。图为他在书房写这部书。

晚年的巴金

《随想录》的诞生

在他年近八旬的时候，仍克服巨大的病痛，用坚强的毅力写完了五卷《随想录》，使他的散文创作在思想艺术上达到了一个高峰。

这本书是巴金一生的心血。《随想录》是巴金晚年创作的一部杂文集，巴金直面“文革”带来的灾难，直面自己人格曾经出现的扭曲。他愿意用真实的写作，填补一度出现的精神空白。他在晚年完成了在当代中国产生巨大影响的《随想录》，以此来履行一个知识分子应尽的历史责任，从而达到了文学和思想的最后高峰。

《随想录》堪称一本伟大的书。这是巴金用全部人生经验来倾心创作的。没有对美好理想的追求，没有对完美人格的追求，没有高度严肃的历史态度，老年巴金就不会动笔。他在《随想录》中痛苦回忆；他在《随想录》中深刻反思；他在《随想录》中重新开始青年时代的追求；他在《随想录》中完成了一个真实人格的塑造。随想录收录巴金先生“文革”结束后创作的150篇文章，分为《随想录》《探索集》《真话集》《病中集》《无题集》共五集，统称《随想录》。

《再思录》的诞生

1994年，巴金出版了《再思录》，这是他继《随想录》以后的又一本思想随笔集。他曾在“文革”后用8年时间写了5卷的《随想录》，接着又花了8年时间，写出的只是薄薄的一本《再思录》。这足以说明他晚年病中写作的艰难，同时也让人觉得更加珍贵。那时候，他因校阅他的译文全集，劳累过度造成压缩性骨折，万分痛苦地躺在医院里，甚至想“安乐死”。

但为了完成《再思录》的序，强忍着病痛，他在病床上口授，请女儿笔录了下来。序中还引用了俄罗斯音乐家柴可夫斯基的话：“如果你在自己身上找不到快乐，你就到人民中去吧，你会相信在苦难的生活中仍然存在着欢乐。”似乎很难想象这就是一个在病痛折磨下的90岁老人的精神状态。更让人惊讶的是，她女儿小林怕记忆有误，回家找出柴氏原话核对一遍，发现除了将中译文的“如果”误记为“假若”，几乎与原话一字不差。

《再思录》出版后，送到巴金所在医院，在医院里看到了样书，他特别高兴，他从病床上坐起来，用

手抚摸着新书的封面，很有信心地说：“我还会写下去，再写一本《三思录》。”但以后几年里，巴金身体更差，很少见到有新作发表了。

巨星陨落

2005年10月17日19时，中国一代文学巨匠巴金在上海逝世。巴金1904年11月25日出生在四川成都正通顺街，1927年至1929年赴法国留学。1929年回国后，从事文学创作。1977年至1983年任中国作家协会主席、中国文学艺术界联合会副主席，上海市政协副主席。1983年起任全国政协副主席，中国作家协会主席。

后人对巴金的评价

文学大师

巴金是我国“五四”新文化运动以来最有影响的

文学大师之一，也是举世公认的杰出的小说家、散文家和出色的翻译家、卓越的编辑家、出版家。他先后创作了《灭亡》《新生》《激流三部曲》（《家》《春》《秋》）、《爱情三部曲》（《雾》《雨》《电》）《火》《憩园》《寒夜》《第四病室》等长篇、中篇小说及为数众多的短篇小说、散文、报告特写、游记、童话等。他通晓英、法、俄、德、世界语等多种语言文字，翻译了十几部世界名著。《家》对中国封建专制家庭罪恶的强烈控诉与反抗，曾经引起无数青年的共鸣，激励他们走出封建牢笼，参加革命和社会进步运动。《寒夜》反映抗战最困难时期底层知识分子及其家庭的悲惨命运，为被践踏被蹂躏的小人物申诉，表达了一个有社会责任感的作家的良知。

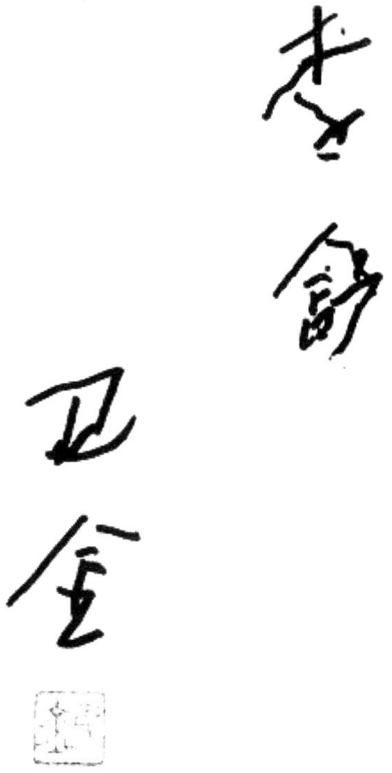

巴金最后的题词

社会活动家

巴金是杰出的社会活动家。新中国成立后，

他作为民间的外交使者多次出国访问，参加国际文化交流等活动。1950年11月，他参加了华沙第二次世界保卫和平大会，后又五次访问苏联。1961年4月，出席亚洲作家东京紧急会议，并担任中国代表团团长。1962年8月，率团参加了在日本东京召开的第八届禁止原子弹、氢弹世界大会，以后又多次去日本访问。1979年4月，他率中国作家代表团首次访问法国，在巴黎掀起了一股“巴金热”，极大地促进了中法两国的文化交流。1981年春，他率代表团出席在瑞典召开的世界语代表大会。同年参加了国际笔会里昂——巴黎大会。

1984年5月，作为世界七大文化名人之一，巴金应邀参加了在日本东京召开的第四十七届国际笔会大会。他为促进世界和平、发展中国与世界各国的友好合作和国际文化交流做出了积极贡献。他在海内外获得了多种荣誉称号。1982年获意大利“但丁国际奖”，1983年获法国“荣誉军团勋章”，1984年获香港中文大学荣誉文学博士学位，1985年获美国文学艺术研究院外国名誉院士称号，1990年获苏联“人民友谊勋章”、日本福冈“亚洲文化奖特别奖”，1993年获亚洲华文作家文艺基金会“资深作家敬慰奖”，1998年获上海文学艺术奖杰出贡献奖，2003年国务院授予他“人民作家”荣誉称号。

1984年10月，巴金在香港接受一个荣誉性的称号：香港中文大学荣誉文学博士学位。巴金的名字又一次在港岛引起了轰动。香港青年们用这样的话献给老人："没有人因为多活几年而变老，人老只是由于他放弃了理想。岁月使皮肤起皱，而失去热情却让灵魂出现皱纹。"

巴金：“我现在的信条是：忠实地生活，正当地奋斗，爱那需要爱的，恨那摧残爱的。我的上帝只有一个，就是人类。”

中国共产党的亲密朋友

巴金是中国共产党的亲密朋友、著名的无党派爱国民主人士。几十年来，他与中国共产党肝胆相照、风雨同舟。民主革命时期，他积极参加进步社会活动。“九一八”事变后，他投身抗日救亡运动，抗战全面爆发后任中华全国文艺界抗敌协会理事。皖南事变后，他参加签名反对国民党独裁统治。他积极拥护毛泽东主席提出的建立联合政府的主张。作为中国人民政治协商会议第一届全体会议的代表，参与了中华人民共和国成立的伟大历史过程。

新中国成立后，他拥护中国共产党的领导，拥护社会主义，为新中国的文学事业做出了重大的贡献。

改革开放后，他衷心拥护中国共产党十一届三中全会以来的路线方针政策，为我国经济建设和社会发展所取得的巨大成就感到由衷的高兴。晚年虽病魔缠身，但仍十分关心国家大事。他积极呼吁和组织建设中国现代文学馆，并将自己几十万元的积蓄、稿酬和8000多册藏书捐赠给文学馆。他参与创建中华文学基金会，并一直担任会长，还多次为希望工程、社会慈善事业捐款。因其特殊贡献，1999年经国际天文学联合会下属的小天体命名委员会批准，8315号小行星被命名为“巴金星”。他连续五届担任全国政协副主席，关心我国的改革开放和现代化建设，关心人民政协的工作，

冰心老人晚年赠给巴金的画像

积极建言献策，为坚持和完善中国共产党领导的多党合作和政治协商制度，为人民政协事业的发展，为建设中国特色社会主义做出了重要贡献。

巴金的一生，是不断追求真理、追求进步的一生，是对国家和人民忠心耿耿、为文学事业奋斗不息的一生。他秉性耿直，识大体、顾大局。他生活朴素，平易近人。他把整个身心交给了人民，赢得了人民的爱戴和尊敬。巴金的爱国情操和高尚品德，以及他为我国现当代文学事业所做出的杰出贡献，永远值得我们尊敬和怀念。

世纪老人——巴金

中华魂·百部爱国故事丛书
提　要

《誓与禁烟相始终——民族英雄林则徐》

林则徐严禁鸦片，坚决抵抗西方列强的侵略，坚持维护国家主权和民族利益。他是中国近代历史上第一位睁眼看世界的人，是抗击帝国主义殖民侵略的第一人，是中华民族抵御外侮过程中伟大的民族英雄。

《血洒虎门御敌寇——抗英将军关天培》

民族英雄关天培，在第一次鸦片战争中为了抗击英国侵略者的入侵而血洒虎门，为国捐躯，谱写了一曲可歌可泣的英雄赞歌。关天培用他的生命，书写了中国人民反抗外侮的历史。

《威震镇海靖节魂——抗敌英雄裕谦》

在第一次鸦片战争期间的众多牺牲者中，有一位官阶最高，他就是两江总督裕谦。裕谦与外国侵略者斗争立场坚定，与国内妥协派、投降派斗争态度坚决。裕谦督战镇海，与英国侵略军浴血奋战，临危不惧，以身报国，浩气长存。

《斩邪留正解民悬——太平天国领袖洪秀全》

农民出身的洪秀全，从失意文人到起义领袖，经历了长期的思想演变过程，在外敌入侵、清朝政府腐朽的历史环境之下，顺应时代的潮流，成长为一位非凡的历史英雄人物，建立了与清朝政府相抗衡的农民政权——太平天国。

《仰承汉唐　荟萃中外——近代数学家李善兰》

李善兰是我国19世纪重要的科学家之一，在数学、天文学、力学等方面都有重大建树。他继承了我国古代数学的成就，又以极大的热情传播西方科学文化，“仰承汉唐，荟萃中外”，把自己的一生献给了科学事业。

《严谨治学　勇于探索——近代著名数学家华蘅芳》

华蘅芳，中国近代数学家之一。其精通中国古算学，并熟练掌握西方近代数学，是中国验证抛物线并著书立说的参与者。为了证明“外国有的，中国也能造”而鞠躬尽瘁，在引进西方科学技术、传播科学知识上贡献卓著。

《折冲樽俎护山河——近代著名外交家曾纪泽》

曾纪泽是中国近代史上著名的爱国外交家，在中俄伊犁交涉事件中，他秉承抵抗列强、保卫国家的坚定意志，利用外交手段全力同沙俄抗争，捍卫了国家主权、民族尊严，收回了祖国的领土，在近代中国外交史上留下了光辉的一页。

《甲午海战留英名——民族英雄邓世昌》

邓世昌，北洋水师名将。本书以邓世昌的成长过程为线索，以代表性的历史故事为主要内容，还原真实的历史事件，突出鲜明的人物性格。邓世昌因在中日甲午海战中突出的英雄气概而名垂史册，书写了伟大的爱国主义篇章。

《誓与舰队共存亡——北洋水师提督丁汝昌》

丁汝昌处在清朝政府的腐朽和李鸿章的专断下，难以施展爱国的抱负，壮志未酬，愤恨而终。但丁汝昌为建立近代海军作出的巨大贡献，带领北洋舰队爱国官兵勇抗强敌的英雄事迹，将永远为后代所传颂。

《镇南关上凯歌扬——抗法老英雄冯子材》

1885年中法战争中，年逾古稀的冯子材为抵御外国侵略，勇赴国难，大败法军于镇南关，并乘胜追击，接连收复文渊、谅山等地，从根本上扭转了中法战争的局面，成为近代民族英雄的杰出代表。

《屡败法军逞英豪——黑旗军将领刘永福》

刘永福是黑旗军的创建者，是农民出身的杰出军事家、政治活动家。在19世纪发生的援越抗法、中法战争中，他率部与帝国主义侵略者进行了殊死的战斗，建立了卓越的功勋，成为我国近代史上著名的民族英雄，为后世所景仰。

《矢志变法强国家——戊戌变法领袖康有为》

康有为是清末民初最有影响力的思想家之一。他领导了中国知识界的启蒙运动，掀起了一场自上而下的政体改革。他最早在中国提出了立宪政体和具体的宪政方案，主张在坚持儒家传统和帝制的前提下，学习西方经验，他的进步思想对近代中国具有深远的影响。

《开民智以报国　普新知而图强——戊戌变法思想家梁启超》

梁启超，中国近代史上著名的政治活动家、启蒙思想家、史学家、文学家，戊戌变法领袖之一。本书以百日维新思想家梁启超的成长过程为线索，以代表性的历史故事为主要内容，还原真实的历史事件，突出鲜明的人物性格。

《我自横刀向天笑——维新志士谭嗣同》

谭嗣同在民族危机的严重时刻，投身改革救中国的洪流。为了带给祖国一个光明的未来，紧要关头，他挺身而出，用自己的鲜血激励后人，把宝贵的生命献给了变法事业。

《睡乡敢遣警世钟——用生命警策国人的陈天华》

陈天华是民主革命的活动家和宣传家。他写的《猛回头》《警世钟》等书，起到了革命启蒙的重大作用。为了激发留日学生的爱国情怀，他不惜投海自杀，演出了近代史上感人至深的一幕，给后人留下了难忘的印象。

《革命军中马前卒——民主斗士邹容》

革命乃“至尊极高，独一无二，伟大绝伦之一目的”；它是“天演之公例，世界之公理，顺乎天而应乎人”的伟大行动。因此，必须“仗义群兴革命军”。他激情高呼：“革命独子万岁！中华共和国万岁！”这就是《革命军》的作者，中国近代著名资产阶级革命宣传家邹容。

《休言女子非英物——鉴湖女侠秋瑾》

为民族解放和妇女解放而英勇斗争的秋瑾，冲破封建礼教的思想牢笼，打碎封建精神枷锁，崇仰真理，追求光明，主张共和，坚持男女平等，最终献出了自己年轻的生命。

《血溅校场　杀身成仁——民主斗士徐锡麟》

本书讲述了反清志士徐锡麟弃文从武、投身反清革命事业，最终被清政府杀害的故事。出于对国家的热爱，徐锡麟献出自己的生命，他的事迹将永远激励后人深切缅怀这位民主革命的先驱。

《生可死耳　我志长存——献身民主的禹之谟》

禹之谟，民主革命党人，同盟会会员，近代资产阶级革命家、实业家。1886年，20岁的禹之谟“提三尺剑，挟一卷书”游历四方，研究西方社会政治学说，忧国忧民之心日趋强烈。戊戌变法失败，他丢掉改良幻想，倡革命救亡之说，走上民主革命道路。

《物竞天择　适者生存——资产阶级启蒙思想家严复》

严复是中国近代著名的启蒙思想家、翻译家和教育家。他长期从事教育和翻译事业，为近代中国人才培养和思想启蒙做出了重要贡献，同时他也为中国的翻译事业和中西思想文化交流做出了重要贡献。

《辛亥革命急先锋——资产阶级革命家黄兴》

黄兴，清末民初资产阶级革命家，中华民国开国元勋。黄兴在武昌首义及辛亥革命时期的爱国表现，与孙中山闻名于当时，常被时人以“孙黄”并称。本书以资产阶级革命活动实干家黄兴的成长过程为线索，歌颂了先辈伟大的爱国主义精神。

《矢志革命　百折不回——近代民主革命家廖仲恺》

廖仲恺追随孙中山踏上了创立民国与捍卫共和制的旧民主主义革命

之路；在新民主主义革命时期，他为建立、巩固首次国共合作和实施三大政策，英勇奋斗，为国殉职，洒尽了一腔热血。

《将军拔剑南天起——护国英雄蔡锷》

蔡锷是中国近代史上的杰出军事家、爱国者。他的一生短暂而伟大。辛亥革命爆发，他毅然投身于革命洪流之中，领导云南重九起义，对武昌起义积极响应。袁世凯窃国复辟、恢复帝制的阴谋暴露出来以后，他又毅然举起了武装讨袁的旗帜。

《反帝反封建运动——五四青年的爱国故事》

五四运动是一次伟大的反帝反封建的爱国运动；是一个伟大的历史转折点；是中国人民的斗争从挫折走向胜利的一个关节点，它为中国的前进开辟了一条全新的道路，拉开了中国新民主主义革命的序幕。

《思想自由　兼容并包——著名教育家蔡元培》

蔡元培是中国近现代著名的民主革命家和教育家，一生经历风雨，却始终信守爱国和民主的政治理念，致力于废除封建主义的教育制度，奠定了我国新式教育制度的基础，为我国教育、文化、科学事业的发展做出了富有开创性的贡献。

《为国家争光　为民族争气——中国铁路之父詹天佑》

詹天佑是我国最早的杰出铁道工程师，因主持建造京张铁路而闻名中外，被誉为“中国铁路之父”。他为祖国的铁路事业贡献了毕生的精力。本书向读者展示了詹天佑热爱祖国、科技兴国的辉煌人生。

《实业救国　衣被天下——轻工之父张謇》

张謇是爱国实业家、教育家。他年轻时中过状元。过了40岁，开始投身工商实业活动中，他的名言是“富民强国之本在于工”。在南通，创办大生丝厂、银行等各种实业。并将创办实业的大部分所得投入教育。他的观点是，教育和实业一样，也是“富强之大本”。

《心向革命　追求光明——平民将军冯玉祥》

冯玉祥将军“是一位从旧军人转变而成的坚定的民主主义战士”。

抗日战争期间，他辗转各地，用实际行动积极抗战。日本战败投降后，他为了断绝美国的援蒋内战，又在美国四处演说，揭露蒋介石统治之黑暗，痛斥美国阴谋分裂中国的不良行为。

《刑场上的婚礼——革命烈士周文雍　陈铁军》

周文雍是广州起义的主要领导人之一。陈铁军出身于华侨商人家庭，却毅然投身革命洪流。1928年1月，两人接受派遣，回到广州假扮夫妻从事革命斗争，却不幸被捕。临刑前，两位烈士将敌人的枪声当作自己婚礼的礼炮，用生命和爱情谱写出一曲千古绝唱。

《星星之火　可以燎原——井冈山斗争的故事》

1927—1929年，毛泽东、朱德等老一辈革命家，在井冈山创建了农村革命根据地，进行了艰苦卓绝的斗争，建立了新型革命武装，点燃了工农武装革命之火，找到了农村包围城市最后夺取政权的中国革命的正确道路。

《新民学会的主要发起人——中国共产党早期革命家蔡和森》

蔡和森青年时期曾与毛泽东等人一起组织进步团体新民学会，参加五四运动，并在赴法国勤工俭学时研读大量马克思主义著作，回国后以满腔热忱投身革命事业，成为中国共产党早期重要的理论家和宣传家。

《威震黄浦江畔　高奏抗日壮歌——一·二八淞沪抗战》

面对日本侵略者的挑衅，十九路军在蒋光鼐、蔡廷锴的带领下，高举义旗，奋力一搏。一·二八淞沪抗战，是中国军人捍卫军人荣誉和祖国尊严所发出的吼声，谱写了一曲抗击日军侵略的英雄壮歌。

《将军恨不抗日死——慷慨就义的吉鸿昌》

在国难深重的20世纪30年代，吉鸿昌将军因拒绝执行国民党指示，坚决不打内战，被迫携眷出国“考察”。回国后，他加入中国共产党，组织了民众抗日同盟军，英勇打击日本侵略者，后于1934年11月被国民党反动派杀害。

《献身革命　甘于清贫——梅岭忠魂方志敏》

大革命失败后，方志敏凭着“两条半步枪”起家，身经百战，创建了赣东北革命根据地和红十军。本书真实记录了方志敏投身于革命、领导红军和敌人进行艰苦卓绝斗争的经历，歌颂了烈士贫贱不移、威武不屈、献身革命的高尚品质。

《奏响中华最强音——人民音乐家聂耳》

聂耳在他有限的生命中创作了数十首革命歌曲，在抗日救亡运动中，聂耳的这些歌曲产生了广泛深远的影响。他的音乐创作为中国无产阶级革命音乐的发展指明了方向，树立了榜样。

《横眉冷对千夫指——中国文化革命主将鲁迅》

鲁迅不但是伟大的文学家，而且是伟大的思想家和伟大的革命家。在那风雨如晦的黑暗年代里，他以笔为投枪，同一切帝国主义和反动派进行了顽强的战斗，为中国人民树立了一个不朽的丰碑。他是新文化战线上的一面光辉旗帜，是我们伟大民族的灵魂。

《铁流两万五千里——红军长征的故事》

红军长征是人类历史上的一次伟大的壮举。第五次反“围剿”失败后，中国工农红军的三大主力在极端艰难的条件下，突破国民党军队的围追堵截，进行了史无前例的战略大转移，总行程达两万五千里以上。途中发生了许多动人故事，至今令人难以忘怀。

《荣辱不移革命志——创建陕北红军的刘志丹》

刘志丹是杰出的无产阶级革命家、军事家，西北红军和西北革命根据地的主要创始人之一。他一生热爱人民，追求真理，英勇善战，百折不挠，艰苦奋斗，忠心赤胆，为创建红军和革命根据地、为中国人民的解放事业建立了不可磨灭的功勋。

《英名永存北平城——爱国将领佟麟阁　赵登禹》

1937年7月28日，日军向北平郊区发动进攻。第二十九军副军长佟麟阁奉命在南苑率部与日军苦战，腿部受伤，头部被敌机炸伤，壮烈殉国。第一三二师师长赵登禹指挥部队顽强抵抗日军，右臂中弹负伤，仍继续作战。后在转移途中遭日军截击而牺牲。

《八百壮士　四行仓库铸军魂——谢晋元和他的战友们》

八一三抗战，中国军人以血肉之躯揭开全面抗战的帷幕。这是一场血战，是中国军人不屈不挠的英雄诗篇，其中的八百壮士守四行，成为这首英雄颂歌中最动人、最凄美的音符。一曲四行保卫战，铸就了不屈的军魂。

《八女投江　气贯长虹——八位抗联女战士》

抗日战争时期，以冷云为首的东北抗日联军8名女战士，为捍卫民族尊严，面对凶残的日寇，镇定自若，宁死不屈，投江殉国，表现了中华民族同敌人血战到底的英雄气概。她们的光辉形象，激励着千千万万的后来人。

《艰苦抗战　威震敌胆——著名抗日英雄杨靖宇》

杨靖宇将军是我国著名的抗日民族英雄。曾先后担任磐石游击队政治委员、东北抗日联军第一军军长兼政委、抗日联军总司令等职。领导军民对日寇坚持了长达9个年头的艰苦卓绝的斗争，最终以身殉国。

《死也不当亡国奴——镜泊抗日英雄陈翰章》

陈翰章，从1932年8月投笔从戎，直到1940年12月8日为抗击日本侵略者，战死在镜泊湖畔。他在抗日疆场上奋战了九年，他那可歌可泣的英雄事迹将为人们永世传颂。

《名将殉国　气壮山河——抗日将军张自忠》

著名抗日将领、民族英雄张自忠，生于忧患的时代，抱有“宁为百夫长，胜作一书生”的志向，经历过失败与低谷，最终成就了慷慨人生。本书主要以人物活动为主，勾画出一个真正的“民族魂”鲜活的人生，会带给读者振奋的力量。

《宁死不辱战士名——狼牙山五壮士》

1941年日寇在河北易县“扫荡”。为掩护群众和主力部队撤退，五位八路军战士毅然把敌人引上了狼牙山棋盘坨峰顶绝路。弹尽粮绝、无路可退，五位英雄纵身跳下了万丈悬崖，用生命和鲜血谱写出一曲惊天地泣鬼神的壮举。

《太行浩气传千古——抗日名将左权》

左权，中国工农红军和八路军高级指挥员，著名军事家。是八路军在抗日战场上牺牲的最高指挥员。名将阵亡，太行山为之垂首，全党为之悲痛。周恩来称他“足以为党之模范”，朱德赞誉他是“中国军事界不可多得的人才”。

《虎将兴关外　抗倭统雄师——抗联英雄赵尚志》

本书描写了久经考验的共产党员、东北抗联的创建者和主要领导人赵尚志，在艰苦卓绝的条件下，坚持抗战，威震敌胆，战功卓著，忍辱负重，忠贞不屈，为国捐躯的英雄故事，为青少年读者呈上一部爱国主义的佳作。

《黄埔之英　民族之雄——抗日名将戴安澜》

抗日名将戴安澜，先后参加保定、漕河、台儿庄、武汉、昆仑关等战役，作战英勇，屡建奇功；入缅作战，“扬威国外，藉伸正义”；守东瓜，复棠吉；殒身缅北，遗恨丛林，马革裹尸，成就了光辉的一生。

《爱国志士　民主先锋——新闻出版家邹韬奋》

本书讲述了邹韬奋献身新闻出版事业的奋斗历程，展现了一位新闻工作者坚定的革命信念和炽热的爱国主义精神，全心全意为人民服务、为读者服务的奉献精神，歌颂了他的高尚情操和优良品质。

《为抗战发出怒吼——人民音乐家冼星海》

人民音乐家冼星海，青年时期在巴黎求学，饱尝屈辱与磨难；学成后毅然回到多灾多难的祖国，用满腔热忱谱写激昂的音乐，鼓舞中华儿女的斗志；奔赴延安，谱写出不朽的名作《黄河大合唱》，发出中华民族抗日救亡的怒吼。

《全民皆兵　抗击日寇——抗日战争的故事》

中国人民进行的十四年抗战，是一百多年来中国人民反对外敌入侵第一次取得完全胜利的民族解放战争。这场战争是以国共两党合作为基础，有社会各界、各族人民、各民主党派、抗日团体、社会各阶层爱国人士和海外侨胞广泛参加的全民族抗战。

《捧着一颗心来　不带半根草去——人民教育家陶行知》

陶行知是我国现代教育史上伟大的人民教育家、教育思想家。他从青年起就立志献身教育事业，以“捧着一颗心来，不带半根草去”的赤子之心，为人民的教育事业鞠躬尽瘁。

《为民主与和平拍案而起——民主斗士闻一多》

闻一多早年与梁实秋等人发起成立清华文学社。赴美留学期间由对祖国的深深眷恋而创作著名的《七子之歌》。后在西南联大任教8年，积极投身于抗日运动和争取民主的斗争，发表了著名的《最后一次讲演》。

《铁窗难锁钢铁心——革命先烈王若飞》

王若飞是我党早期杰出的无产阶级革命家。在艰苦卓绝的斗争中，他出生入死，屡建奇功，以超人的睿智和胆略，在敌人的监狱中，同敌人展开了殊死的较量，为抗战的胜利和新中国的诞生做出了卓越的贡献。

《横扫千军　还我河山——抗联名将李兆麟》

李兆麟是东北抗日联军创建人之一，他率领抗日联军历尽千难万险与日本侵略者浴血奋战，在极其艰苦的条件下，保存了抗日联军的有生力量，为东北光复做出了重大贡献。

《锄头开出新天地——解放区大生产运动》

为了解决困难，渡过难关，党中央号召党政军民齐动手，开展大生产运动。中国共产党在其控制区域内发动的一场军队屯田和鼓励生产的群众运动，达到了自己动手丰衣足食，共度难关，既进行革命又进行生产自足的目的。

《生的伟大　死的光荣——女英雄刘胡兰》

刘胡兰，坚贞不屈的少年女英雄。生前对我国劳动人民的解放事业无限忠诚，在敌人威胁面前，大义凛然，毫无惧色，英勇牺牲，表现了共产党员的高贵品质。

《饿死不领美国救济粮——爱国知识分子的楷模朱自清》

朱自清作为爱国知识分子的典型，以锐利的笔锋直言痛斥反动政府的暴行，体现了他崇高的爱国情怀和不畏恶势力的精神品格。毛泽东曾给朱自清先生以高度评价："一身重病，宁可饿死，不领美国的'救济粮'"，"表现了我们民族的英雄气概"。

《为了新中国前进——舍身炸碉堡的董存瑞》

伟大的英雄，中国人民的儿子董存瑞，从儿童团长成长为一名光荣的解放军战士，在1948年解放隆化县城时，舍身炸碉堡，为新中国献出了自己年轻的生命。他的英雄形象永远留在人民心里。

《宁死不屈的共产党员——革命烈士江竹筠》

江竹筠，就是著名的江姐。1947年春，她负责《挺进报》工作，只几个月的时间，报纸就发行到1600多份，引起了敌人的极大恐慌。由于叛徒出卖，江姐不幸被捕，惨遭毒刑的残酷折磨，仍坚贞不屈。最后被特务秘密枪杀，年仅29岁。

《抗美援朝　保家卫国——志愿军的战斗故事》

抗美援朝战争是中国人民志愿军为援助朝鲜人民、保卫祖国安全，与美国为首的"联合国军"发生的战争。在朝鲜牺牲的志愿军烈士们，他们英勇的战斗事迹、保家卫国的精神值得我们发扬光大。

《上甘岭上壮烈歌——黄继光和他的战友们》

在1952年10月的上甘岭战役中，黄继光和他的战友们在零号阵地半山腰被敌机枪火力点压制，此时，黄继光身上已经多处负伤，手雷也已全部用光。为了完成任务，减少战友的伤亡，他用自己的胸膛堵住正在扫射的敌机枪射孔，为反击部队扫清了前进的道路。

《诗书印画　全入神品——国画大师齐白石》

齐白石出身贫寒，做过农活，当过木匠，后改学雕花木工，从民间画工入手，摹古人真迹，学诗文书法，融汇古今，而诗、书、印、画俱佳；他将中国画的精神与时代的精神统一得完美无瑕，使中国画得到国际的重视，无愧于“国画大师”的称号。

《毕生为文化而奋斗——中国第一出版家张元济》

张元济参与、主持和督导商务印书馆近六十年，使其从简单的印刷企业转变为当时中国教育出版的旗帜。张元济一生爱书，在中华大地动荡不安的年代里，他用自己对文化的热爱，续存着中华民族灿烂悠久的文明之光。

《独树一帜　梨园大师——著名京剧表演艺术家梅兰芳》

梅兰芳，京剧大师，演唱风格独树一帜，世称“梅派”。曾先后赴日本、美国、苏联演出，并荣获美国波摩那学院和南加州大学的荣誉文学博士学位。作为一位爱国者，抗战期间蓄须明志，拒绝为日本人演出，为后世称颂。

《华侨旗帜　民族光辉——爱国侨领陈嘉庚》

陈嘉庚是著名的爱国华侨领袖、企业家、教育家、慈善家、社会活动家。他为辛亥革命、民族教育、抗日战争、解放战争、新中国的建设做出了卓越的贡献。生前被毛泽东誉为“华侨旗帜，民族光辉”。

《向雷锋同志学习——伟大的共产主义战士雷锋》

雷锋，一个平凡而伟大的共产主义战士，一心向着党，一生秉承着全心全意为人民服务、无私奉献的崇高思想；发扬刻苦学习和钻研理论的“钉子”精神；坚持勤俭节约、艰苦奋斗的优良作风。毛泽东为其题词：“向雷锋同志学习。”

《人民的好公仆——县委书记的好榜样焦裕禄》

焦裕禄，被誉为县委书记的好榜样。他用自己的革命精神，展开了与大自然、与社会落后现象、与病魔的多重抗争，让我们领略到一个共产党人的生之伟大、死之壮美的人格品质和具有现实教育意义的精神魅力。

《文学巨匠　京味大师——人民作家老舍》

老舍是我国现代小说家、文学家、戏剧家。他用融入骨髓的真诚文字反映生活的喜怒哀乐。老舍的一生，总是在忘我地工作，他是文艺界当之无愧的"劳动模范"，生前被北京市人民政府授予"人民艺术家"的称号。

《革命老人——无产阶级教育家徐特立》

徐特立是一代伟人毛泽东的老师。他出生在贫苦家庭，大部分时间生活在动荡艰苦的年代；他刻苦勤奋，不畏艰辛，追求光明，一生勤俭，为革命培养了大量的人才；他对党和人民任劳任怨，鞠躬尽瘁。他坎坷奋斗的一生，留下了许多可歌可泣的故事。

《人生能有几回搏——新中国第一个世界冠军容国团》

容国团先后担任中国乒乓球队运动员、女队主教练。获得1959年男子单打世界冠军；1961年夺得男子团体世界冠军；作为中国女队主教练，1965年率女队第一次夺得女子团体世界冠军。他的"人生能有几回搏"的豪言，举国传诵。

《石油工人一声吼　地球也要抖三抖——铁人王进喜》

王进喜，新中国第一批石油钻探工人。他为祖国石油工业的发展和社会主义建设立下了不朽的功勋，在创造了巨大物质财富的同时，还给我们留下了宝贵的精神财富——铁人精神。他被评为"百年中国十大人物"，写入中华民族的光辉史册。

《做人民需要我做的事——著名地质学家李四光》

李四光是一位伟大的科学家，他一生从事地质学研究工作，足迹遍布祖国的山川，为祖国探明了许多地下宝藏；他创建了崭新的学说——地质力学；他历尽重重困难，为正确认识地质构造开辟了一条新路。

《中国化学工业的先驱——著名化学家侯德榜》

为摆脱纯碱需要进口的窘况，20世纪初，怀着“实业救国”梦想的中国化工先驱侯德榜等人创办了永利碱厂，并立志生产出中国人自己的碱。1926年，永利碱厂终于成功地生产出“红三角”牌纯碱，从此中国制碱业得以跨入世界先进行列。

《毕生求是　一丝不苟——著名科学家竺可桢》

著名科学家竺可桢献身科学研究；治学严谨，一丝不苟；一生廉洁，两袖清风；作风民主，爱护学生。他以爱国之心、报国之志，从一个民主主义者逐渐成长为一个共产主义战士。

《热爱自然的大地之子——著名植物学家蔡希陶》

蔡希陶，五十载风雨，五十载坎坷，五十载奋斗，五十载开拓，为了发现对人类生产、生活有用的植物及新物种的引进而做出巨大贡献，在中国的植物资源学史上将永远镌刻着他的名字。

《高洁无私的襟怀——知识分子的楷模蒋筑英》

蒋筑英是中国当代知识分子的先锋典范，他不为名，不为利，尊重科学；他以坚忍的毅力和顽强的作风，在科学的道路上呕心沥血，鞠躬尽瘁，无私地奉献了青春和生命。

《迎接新生命的天使——卓越的妇产科专家林巧稚》

林巧稚是国内外享有盛誉的妇产科专家。在五十多年的医学教育和临床实践中，林巧稚亲自接生了五万多婴儿，治愈了数千病人，培养了数以百计的专门人才，为我国的妇女儿童事业做出了不可磨灭的贡献。

《独自成千古　悠然寄一丘——国画大师张大千》

张大千是20世纪中国画坛最具传奇色彩的国画大师，无论是绘画、书法、篆刻、诗词无所不通。在艺术界深得敬仰和追捧，艺术家们用真挚的感情，用绘画和雕塑展现了“张大千”多彩的艺术形象。

《建造中国的通天塔——著名数学家华罗庚》

中国当代著名数学家华罗庚，为中国数学的发展做出了无与伦比的贡献，他是中国解析数论、典型群、矩阵几何等多方面研究的创始人与开拓者，也是我国最早将数学理论研究与生产实践紧密结合的科学家。

《问鼎长天　强我国威——两弹元勋邓稼先》

邓稼先是我国著名科学家，参加组织和领导我国核武器的研究、设计工作，从对原子弹、氢弹原理的突破和试验成功及其武器化，到新的核武器的重大原理突破和研制试验，作出了重大贡献。是我国核武器理论研究工作的奠基者之一，被誉为“两弹元勋”。

《敢叫天堑变通途——桥梁专家茅以升》

中国著名的桥梁专家茅以升从小立志为祖国建造桥梁，经过不懈努力，他不仅设计建造了一座座宏伟壮观、坚固实用的道路桥梁，而且搭建了一座座友谊之桥，为祖国建设作出了卓越贡献。

《蘑菇云之梦——核物理学家钱三强》

被誉为“中国原子弹之父”的核物理学家钱三强，更名后立志于科技报国；24岁投师于世界著名核物理学家居里夫妇；与夫人何泽慧合作，发现铀的“三分裂”“四分裂”现象；统领我国的原子大军，做了大量创造性工作。

《两离桑梓地　满怀雪域情——领导干部的楷模孔繁森》

孔繁森，是一位一尘不染、两袖清风的好干部。两次进藏工作，历时十载，为西藏的建设、发展和稳定作出了突出的贡献。1994年11月，孔繁森不幸以身殉职。人民群众称他为新时期领导干部的楷模。

《摘取数学皇冠上的明珠——著名数学家陈景润》

陈景润是享誉世界的数学家，为了证明“哥德巴赫猜想”，他以惊人的毅力在数学领域里艰苦跋涉，终于攻克了世界著名数学难题“哥德巴赫猜想”中的“1+2”，创造了中国乃至世界数学史上的辉煌。

《学术独步　饮誉四海——享有国际威望的科学家卢嘉锡》

卢嘉锡是一位在国际科学界享有崇高威望的物理化学家、化学教育家和科技组织领导者。1945年，卢嘉锡满怀“科学救国”的热忱回到祖国，对中国原子簇化学的发展起了重要推动作用，他所指导的新技术晶体材料科学研究，也取得了重大成绩。

《德艺双馨　梨园楷模——著名豫剧表演艺术家常香玉》

常香玉1941年赴陕甘演出。1948年在西安创办香玉剧社。1951年为支援抗美援朝，率剧社巡回西北、中南、华南各地演出，以演出收入捐献“香玉剧社号”战斗机一架，素有“爱国艺人”之誉。

《文学大师　激流勇进——著名作家巴金》

本书以巴金生平和主要事迹为线索，回顾和展示现代著名作家巴金的一生，以期让人们看到巴金在这风云变幻的100多年中，有过成功的欢欣，有过屈辱的磨难，有过痛苦的忏悔，有过平静的安宁。巴金的人生，映照着一代中国五四知识分子坎坷而不平凡的命运。

《壮心系科学　孜孜为国昌——理论化学家唐敖庆》

本书讲述了唐敖庆从出国求学、学业有成、回国任教，到服从安排、艰苦工作、刻苦钻研，最终成为中国量子化学奠基者的过程。让人们看到了这位著名化学家的赤心爱国、严谨治学、大公无私的崇高品格和科研上的卓越成就。

《中国导弹之父——著名科学家钱学森》

当第一颗原子弹升空的时候，当中国的人造卫星奏响《东方红》的时候，当中国运载火箭腾空而起的时候，当中国研制的导弹准确命中目标的时候，人们都会想起他的名字：中国导弹之父钱学森。

《中国近代力学的奠基人——著名科学家钱伟长》

钱伟长曾以中文和历史两个100分的成绩考入清华大学。九一八事变后，钱伟长毅然放弃了文科的学习而转为理科。他是中国近代力学、应用数学的奠基人之一，在固体力学、流体力学以及航空航天领域，取得了卓越的成就，为新中国的现代化建设付出了毕生的精力。

《中国光学科学的奠基人——著名科学家王大珩》

王大珩是我国著名的科学家，中国光学科学的奠基人。他先在清华就读，后赴英国求学，学业有成，立志科学救国，其成就享誉神州。他以科学的求是精神和赤诚的爱国情怀，探索着中国光学发展的闪光之路。